U0573668

## 宇文正

本名郑瑜雯，福建林森人，东海大学中文系毕业，美国南加利福尼亚大学东亚语言与文化研究所硕士。现任《联合报》副刊组主任。

著有短篇小说集《猫的年代》《台北下雪了》《幽室里的爱情》《台北卡农》，散文集《这是谁家的孩子》《颠倒梦想》《我将如何记忆你》《丁香一样的颜色》《那些人住在我心中》《庖厨食光》《负剑的少年》《文字手艺人：一位副刊主编的知见苦乐》，诗集《我是最纤巧的容器承载今天的云》，长篇小说《在月光下飞翔》，传记《永远的童话——琦君传》及童书等。

作品入选《台湾文学30年菁英选：散文30家》。《庖厨食光》荣获“2014开卷好书奖·美好生活书”。本人曾获中国文艺奖章，“2015《讲义杂志》年度最佳美食作家”。

# 微盐年代

宇文正○著

陕西新华出版传媒集团
太白文艺出版社

**图书在版编目（CIP）数据**

微盐年代　微糖年代 / 宇文正著 . —西安 : 太白文艺出版社，2020.6

ISBN 978-7-5513-1765-8

Ⅰ . ①微… Ⅱ . ①宇… Ⅲ . ①故事—作品集—中国—当代 Ⅳ . ① I247.81

中国版本图书馆 CIP 数据核字 (2019) 第 265027 号

本书由远流出版事业股份有限公司正式授权，经由 CA-LINK International LLC 代理，由西部国家版权交易中心有限责任公司出版中文简体字版本。非经书面同意，不得以任何形式任意重制、转载。

著作权合同登记号　图字：25-2018-074

**微盐年代　微糖年代**

WEI YAN NIANDAI WEI TANG NIANDAI

作　　者　宇文正
插　　画　米谢儿
责任编辑　彭　雯
整体设计　設+张洪海
出版发行　陕西新华出版传媒集团
　　　　　太白文艺出版社
经　　销　新华书店
印　　刷　西安市建明工贸有限责任公司
开　　本　880mm × 1230mm　1/32
字　　数　240 千字
印　　张　7.4375
版　　次　2020 年 6 月第 1 版
印　　次　2020 年 6 月第 1 次印刷
书　　号　ISBN 978-7-5513-1765-8
定　　价　48.00 元



联系电话：029-81206800

出版社地址：西安市曲江新区登高路 1388 号（邮编：710061）

营销中心电话：029-87277748　029-87217872

推荐序
# 过往情事的味觉密码

作家
**郝誉翔**

极短篇这一文类，最是易写难工，如何在大约千字的有限篇幅之内，提炼出人生的某个片段，对作家而言，可以说是一大考验。无怪乎写作极短篇的人少之又少，只怕一个不小心，就流于重笔，拿惊悚来取悦读者，就像是往一道菜里倒入了一大堆酱料，淹没了该有的原味。

然而《微盐年代　微糖年代》却将极短篇或者说短篇小说巧妙地翻转到另外一个境界，把一则又一则的故事化身成食物的隐喻，透过让人食欲大增的美食，唤醒了文字叙事背后的灵魂，点出了平凡小人物生命之中的不平凡。

这是一本精致又可口的小书，写的并不是什么满汉全席或是宴客大菜，那些是在饭馆和众人一起囫囵下肚之后，既不曾停留在我们的舌尖，也不会进入大脑的海马回。相反，宇文正在书中细细写来的，却是十二道你我皆可以躲在自家厨房做出来的中西料理，以及十二道让人在酒足饭饱之后也极想能够照样如此尝上一口的甜点。这才真正勾勒出人生之中的缘起和缘灭，在聚散离合之后，始终不曾被时光冲淡，而依旧驻足在我们的感官乃至于记忆底层的真滋味。

就像《追忆逝水年华》中，普鲁斯特因为一块贝壳形状的小点心，而开启了回忆，追寻逝去的时光。《微盐年代 微糖年代》中的每道料理，也无一不是一段过往情事的最佳隐喻。本来早已结痂的心灵伤口，如今却透过食物而再次被激发，体内恍然涌起了一股说不出的微酸、微辣与微甜。

而这股微酸、微辣与微甜竟是如此地似曾相识，仿佛你我在正当青春年华之时都曾如此地经历和心痛过：偶然的邂逅，乍然的分离，未曾说出口的沉默与误解，被命运之神摆弄，以致不经意间就那么错身而过……

总是要等到许多年以后，我们才又会在某一天、某一道食物气味的召唤之下，猛然回想起那生命之中曾经拥有与失落的，腌酿在时光之中的情感。而如今，却只剩下了淡淡的惆怅、甜美的哀伤。文字难以言传，然而早已不知不觉被注记在食物之中，形成味觉的密码。

那密码只有自己才能懂得。也因此，《微盐年代　微糖年代》写的虽是美食，却不禁流露出人的终极孤独。逝水年华、青春欢乐终究不能长存，唯有在食物之中，才疗愈了生命必然的欠缺与寂寞。

所以，我读《微盐年代　微糖年代》，书中写的明明是“她”的故事，却总是不由自主地回想到了自己。犹如照镜子般的心惊，那心境如此熟悉，却都被宇文正一语道破。到头来，人生这条漫漫长路上，还是只剩下了自己，也幸好还有美味的料理温暖了我们的身和心。

更可贵的是，在“微盐年代”之后，宇文正又慷慨地给了我们有十二道甜点的“微糖年代”。一切遗憾还诸天地，结局留下来的，仍然是小小的甜蜜。

推荐序

# 厨艺：情感的劳动

作家

**杨佳娴**

食物打开记忆的密码，无数文学作品循着食物引发的感官皱褶而通往心灵的地震。思乡的，失恋的，行旅的，固定和移动的，种种生命经验，都由这个按钮发动。食物与性，食物与爱，食物与自我，食物与一整个族群的潜在基底，这些命题早在文学舞台上一而再地搬演。

食物的想念往往就是秘密之所在。张爱玲在《谈吃与画饼充饥》里写道：一次她在加拿大逛橱窗看见了香肠卷，一种塞了肉馅的酥皮小筒，想起"小时候我父亲带我到飞达咖啡馆去买小蛋糕，叫我自己挑拣，他自己总是买香肠卷"，她"怀旧起来"，也买了四只，回家一尝，"油又大，又太辛辣，哪是我偶尔吃我父亲一只的香肠卷”——是飞达咖啡馆的厨师手艺太好，还是记忆美化了食物?

然而，除了已经上了餐桌的累累成品，制作这些食物的过程，往往是亲密关系内占据关键位置的劳动。汪曾祺《干丝》里回忆：“我父亲常带了一包五香花生米，搓去外皮，携青蒜一把，嘱堂倌切寸段，稍烫一烫，与干丝同拌，别有滋味。”文字简洁，细节到位，恐怕是不假思索就能提取的家庭味道。林文月《台湾肉粽》提起：“我尝试自己制作，可能是想借以找回年少时代的温馨记忆也说不定。而在我自己也有了儿女之后，每值年节，则又在他们兴奋的表情中，仿佛也看到往日的自己。”联结了过去、现在与未来。

厨艺的真谛，或许不在于神巧的小秘诀或者拿捏熟练的火候，而在于以完成烹饪所需的无数小动作积累起来的整体，召唤了情感想象。宇文正这部小说集，结合文学与食谱，抚慰心与胃，就是由这种情感的劳动来驱动的。

《微盐年代　微糖年代》由咸食与甜食组成，一点点盐有时候能激发甜味，而太多的糖往往使人腻到脑髓里，“微”字指向“不过度”，这或许才能成全美味。

因为不过度，日后想起来在苦涩之外还有甜味；因为不过度，往后的生活能够继续，舌头和心都没有因为麻痹而废去；因为不过度，所以安全。微盐与微糖，是养生之道，撩起瘾头而不焚身；是留下余韵，挪出空白得以回旋。不够浪漫，不是痴心绝对，因此也更靠近普通生活。

这种心情，在《行过沙滩的蝴蝶》里写得很清楚：夫妻携手散步沙滩上，两个人的目光都落向远方。“他不知道妻想起了什么，就像妻也不知道他心中的那道裂痕”。小说里只写了丈夫想起的浪漫往事，对象不是眼前的妻，“妻传递密码似的，轻轻按了一下他的手心”，仿佛在说，对，我们都想起了各自过往的什么，“不必说出来。然后，向前走吧”。小说搭配的甜点，故事里并未出现，比较像是附庸情境而出现的“副产品”：酸（百香果）、甜（火龙果）、咸（梅子粉）、稠（优格）、脆（玉米片）相互调和的“夏日乳酪杯”，简直是人生滋味的具象化。

而在本书中最常见的，则是把食物和情事联系在一起。如《我想要回答你，还来得及吗？》就叙述了一个拯救过去成就现在的故事，其中联系的则是一次烹饪的记忆：男方要出国留学了，向女方提出共同生活的愿景，女方一时下不了决心，只是回家向妈妈学了一道做工繁细的“花菇镶虾球”，跑到男方住处搬演整套复杂流程，为了做这道菜给他吃；而男方则是完全不能理解，以为应该有比做一道麻烦的菜更好的方式来赋别，以私订终身、身体关系来“落实”。女性在细工烹调里寄托的是感情劳动的浪漫召唤，男性则私自肖想着另一种“身体劳动”，这种误差，在彼此都沾过现实的泥灰后，居然重新生出转圜的余地。

不过，《微盐年代　微糖年代》里，我最喜欢《自作自受的幸福》里的陈小毛了，抠门得可爱，划算是他不变的人生信条。张爱玲小说里那些精算着的男女们读起来实在荒凉，陈小毛却洋溢着大玩具般的暖意。不，也许说到底，真正吸引我的是因为搭配了桂圆紫米芋头糕呀！（芋头控的魔性被引燃了！）

自序

# 借食物写人生的悲欢

《庖厨食光》才出版不久，小孩上了大学，我的七百八十个便当功德圆满。朋友们见面就问："现在不做饭了吧？""做啊，老公已经习惯晚上回来吃了。"于是我被追问，那下一本饮食书是不是为老公而写。(才公平啊！)

"写甜蜜的情侣餐？"

"我这人怕肉麻！"

"写中年养生餐？"

我说，我写的是散文，并不是食谱，我也不是专业的营养师，有些分际，不应僭越。

而远流的朋友们也很期待我赶紧展开下一本的书

写。我口头允诺了，好的好的，再写一本，却整整一年没写任何关于饮食的文字，我不想重复自己。

每天仍老实做菜。不只做菜，解开“便当”的束缚之后，我可以尝试的东西变多了，汤汤水水没问题，绿色叶菜没问题，带壳的虾没问题……做菜变得海阔天空。更好玩的是甜点。我可以玩烘焙，可以做凉品，可以熬甜汤。没有便当的框架，也没有书写的压力，我真正地确认了，原来自己还真是喜欢烹饪哪！

有一天去中部演讲回来，精疲力竭——对我而言，一口气说两个多钟头的话是极限，我很佩服那些以演讲为业的老师们。我累了，只想做个简单的锅物，从冰箱里翻出豆腐、各式菇类，随手做了鲜菇豆腐寿喜烧，还来不及吃，思绪在蒸汽里腾云驾雾，立刻跑到电脑前写下一篇微小说《那年，他有回信给她吗？》。这是篇虚构的小说，夹藏真实的怀旧心情。我忽然找到了，知道自己要写什么了。

就这样，我的“微盐年代”开始了，每篇故事都有些微感伤。我又想，饮食是充满喜悦的一件事，是人生简单却又纯粹的快乐，让我的书写为这个世界加一点糖吧！于是，我把快乐的故事写在“微糖年代”里。

不过，两个系列各写几篇之后，就发觉人生的欢乐与悲伤，是不可能截然划分的。小说一篇篇写下来，微盐里也有了喜悦，微糖里也有了哀愁，篇幅愈写愈长，人生的滋味，尽在其中。

借食物写人生的悲欢，这就是我的《微盐年代　微糖年代》。

# 目录

那年，他有回信给她吗？

微盐年代

他们在教师研习会上重逢，是她先认出他来的。毕业二十年了，她认出的是他沙哑的嗓音。“你是东海毕业的吗？”啊，真的是他！

他吃惊地看了她一眼，低头像是对手里的杯子说抱歉：“其实你没变，不知道为什么我没认出来。”

她心里知道的，因为他不敢直视女孩子的脸，二十年前便如此，他没有变。

开车送她去搭高铁的路上，他淡淡地说，最后一次联络，其实不是大四毕业时，是大二她转系之后。有一天，信箱里收到她投递的信，说在新环境里有些孤独……

他没说他回信了没有。她想起那时通常几个学生合租一个信箱，同校学生之间，借信箱传递小卡片、小礼物，甚至饼干糖果，因此大家的信箱都不上锁，礼物才塞得进来。她几乎一天跑邮局信箱间三五趟。

他说：“你那封信，我还留着。”说完，手扶着方向盘，看着前方。

她的脸，一点一点热起来。她打破沉默，问他的家庭、妻子、孩子、系上的同学，努力回想还记得起哪些人名……她觉得自己的声音有点沙哑，也许是因为太早起床睡眠不足；也许话说多了；也许，是不知从哪里点起了小火，慢慢焙着，烧着。她又想起当年一个老剃光头的同学："大师呢？他到哪里去了？"

他忽然说："其实你可以休息一下。"这一次，他注视她的眼睛，一刹便又转头直视前方。车子无声行驶。

她的喉咙始终焙着小火。今晚，她想煮一小锅豆腐寿喜烧。打开冰箱，太好了，周末买了一盒综合鲜菇，就烧个鲜菇豆腐寿喜烧吧。

一匙橄榄油润润锅底，切一小块奶油融化，小火细细炒香洋葱丝后，转中火，拨进番茄、香菇、柳松菇、杏鲍菇、珊瑚菇、鸿禧菇，翻炒，翻炒，加入酱油、高粱酒、糖、水，漫过它们，煮滚后转小火，放进切成小块的嫩豆腐熬一刻钟，让番茄洇红汤汁煨豆腐。

她想起大一那年，和他走过相思林，他低着头专注地走，她一跳一跳的，小径边上紫红色藿香蓟一路领着他们。"在台北看到的藿香蓟都是白色的，来东海才知道有紫色藿香蓟……"说着自己顿住了。这话，上回走这条路时好像跟他说过。

他笑着，不太看人眼睛的他，溜过她的双眼，低下头笑着说："是不是平常都没有人跟你说话？"

她舀起一匙汤，尝尝汤头，啊，是我要的味道。吃一口豆腐，慢慢滑进干涩的咽喉。

那年，他有回信给她吗？她怎么也想不起来了。

微 盐 小 食

## 鲜菇豆腐寿喜烧

寿喜烧可蘸蛋黄吃！

## 鲜菇豆腐寿喜烧

◎材料：

豆腐半块、菇类若干、洋葱半个、番茄一个、葱两根、奶油一小块、酱油四分之一杯、高粱酒（或米酒）四分之一杯、糖一大匙、水一杯。

◎做法：

1. 洋葱切细丝、葱切段、香菇切片、番茄切大块、豆腐切成小方块。

2. 橄榄油热锅，加奶油融化后，小火炒香洋葱、葱白。

3. 陆续放入番茄、菇类，中火翻炒。

4. 所有食材炒软后注入酱油、高粱酒、水、糖，大火煮开后放进豆腐，转小火，炖十五至二十分钟，撒上青葱即成。

微盐年代

# 天使不流泪

微盐年代

午夜电话铃响三声，断了；未久，又三响。她没接起，电话亦无声了。她知道，这是他的问候，她若接起，对方也会挂掉的。这是他请求她接受的承诺："就算我打电话来，也请你不要接，免得接起电话，我会先挂断……"

那年，她在三个月之中失业、丧偶、失眠、忧郁，带着四岁的男孩，瘦成一叶兰草。娘家为她张罗了两次相亲，第三次再提起时，她就变脸了。她才三十五岁，不是五十三岁！

她决心振作，决心戒除安眠药，在人力银行留资料，打电话给久未联系的同学、前同事、前前同事……就那样，跟安联系上了。安说，她刚接触一个联谊会，问她排不排斥去看看。联谊？那是大学时代的把戏啊。

"对，你就当作大学生联谊，对象都是硕士以上，不同的是，他们都是已婚者，而且不隐瞒已婚。"

她几乎要摔电话，"那叫他们去酒店不就得了，搞什么联谊？"

安沉着地说："他们不是要一夜情，他们要的是一个暂时的家，暂时的妻子。"

怀着强大的好奇，她想去瞧瞧那是什么样的场面，什么样的人。安对她还是稍微说了点谎，她到达安说的西餐厅时，并没有"一群人"，只有他好整以暇地在手提电脑前工作，像是在等一个老朋友似的，见到她极自然地招手，一边运作滑鼠把每一个文档关闭，一边开口问她：“先帮你选瓶红酒好吗？”

她有一肚子困惑。是的，是安帮忙安排的；是的，的确有那么一个联谊会，但他不想再到人多的地方周旋；是的，他先看过她的照片了；是的，关于她的情形他大致都知道了……他一个环节一个环节解开她的疑问，就像那夜，他一个扣子一个扣子从容地解开她的衬衫。

他说，跟安是在联谊会上认识的，两个人谈得来，但安不是他想找的对象。安太活泼，也太聒噪了，他是好静的人。

“可是……我没有给过安我的照片？”

他点点头说：“我看的是一群人的大合照，你们是高中同学。你跟高中时代没什么变化，所以你一走进来我就认出你了。”

“你看到的大概是同学会上拍的吧。”她只参加过一次高中同学会，那年已经大学毕业投入工作了。

她是真的投入工作，却毫无预警地出现在裁员名单之中，与其说愤怒，她更感到恐慌。她和丈夫婚后金钱自理。其实她很想像所知的大部分女人那样，管理家里所有的收支，但一开始就没有形成惯例，后来一提钱，两人之间便笼上了不快的阴影。有了小孩，丈夫的钱仍紧紧留在他的户头里，她一直想跟丈夫谈，却畏惧他那张阴沉的脸。

她不知道自己是如何嫁给那个人的，那种阴沉甚至使她怀疑有一天他可能会揍她。她不再想谈钱了，想谈离婚，却忽然失业了。还来不及让自己重新在职场上站稳，确认自己的筹码后好谈分手，他却死了！从租住的十二楼一跃而下，没留只言片语给她和小孩。她这才弄明白，他的阴沉与她谈什么、沟通什么事情无关，也许早在婚前，忧郁症的孢子即已播下。房东厌恶他们一家带来不祥，请求他们母子速速搬走。

这就是她的故事了。他静静听完，告诉她："你哭吧，好好哭吧。"他穿的白色棉T恤，上头印着科技公司的mark（商标），说着淡淡一笑："这T恤很吸水。"他把她揽入怀中，轻拍她的背，直到她的啜泣转为规律的哽咽，哽咽变为规律的鼻息。失眠数月的她，在他的怀里安静地睡着了。

他一开始就摊开来说了，他在硅谷有妻、女儿，外派来台，也许两年，也许三五年，随时可能调回去，一旦回去，两人从此不再联络。

他为她买了一栋半透天屋的上叠，占三四楼。在台期间，每月给她生活费若干，也疼爱她的小孩。她工不工作由她。

离开时，房子归她，唯一的条件是，从此不再联络。“如果我意志不坚打了电话，也请你不要接……”

其实他从未要求她开伙，他说下班后外带两个便当回来也很方便。她明白，他们不适合到外头吃。她却一心一意做起了可爱的小媳妇，那是当年新婚都不曾有的热情，一股脑儿投入厨事之中。她学傅培梅和阿基师做菜，学欣叶台菜，学种种的中式料理，她深深相信即使来日各自天涯，她手下的菜肴滋味也能使他魂牵梦萦。

有一天，他却忽然说：“好想吃意大利面喔……”她心头一紧，他想“家”了？厌倦了？他们……已走到尽头了？两年半了，孩子已经上小学了，以为他是爸爸，终于还是要失去了。

她尽量不去想自己是否做错了什么。在她最悲伤的时刻，是他把她从噩梦里唤醒的,就算终究是一场梦,她仍旧感激他，无论是精神上还是物质上。

她几乎没做过西式料理。即刻上网搜寻，找到一道“天使虾白酒意大利细扁面”，步骤简易。他偏爱海鲜，就学这一道吧！

上好市多买了一盒未下锅已现虾红的天使虾。罗勒该到哪儿找呢？默念“罗勒”这字眼，一股难以言说的怨怼，理智上绝对排除的不甘，竟幽幽蹿上心头。于是她想着，做三杯料理必用的九层塔是最地道的台式风味，拿九层塔来取代吧！她要他记得,红艳艳的天使虾里,深藏着台式的九层塔香。

他离开多久了呢？她的厨艺荒疏了。直到这年，为了上初中的儿子重拾锅铲，也为了儿子买来许多西式食谱，这才在许多食谱的括号中弄明白：原来，罗勒就是九层塔！她到底不曾真正改变过什么啊……

微 盐 小 食

## 天使虾白酒
## 意大利细扁面

虾和细扁面是天作之合。

◎材料：

天使虾五至八尾（草虾、明虾亦可）、罗勒（九层塔）一小把、蒜两瓣、辣椒（依嗜辣程度可用干辣椒或不辣的糯米辣椒取代）半根、白酒一杯、盐少许、胡椒粉少许、匈牙利红椒粉二分之一小匙、橄榄油适量。

◎做法：

1. 虾子挑去泥肠，剪除头尾尖刺及长须，擦干。

2. 煮一锅水，水滚后放进意大利细扁面，一小匙橄榄油、一小匙盐，小火煮九分钟，取出。

3. 热油锅，大火下虾子，加盐、胡椒粉、匈牙利红椒粉，煎两分钟，翻面再煎两分钟；如果虾子特别大，可多煎一会儿，煎至外表香脆。下白酒，盖上锅盖中火煮五分钟。盛起，虾、汤汁分开盛放。

4. 另起油锅，小火炒香九层塔、蒜末、辣椒，倒入煮虾的汤汁，煮滚后加入意大利面拌匀，太干可加少许面汤调整。收汁后起锅放盘，摆上虾子即成。

# 手上沾着泥土的女人

微盐年代

她的花店开在一家私立的区域医院旁，生意不错。

她常常告诉顾客，买鲜花不如买盆栽，鲜花常常包装过度，而且一下就枯萎了，有的病人还会对花粉过敏。放置美丽的盆栽，充满生命力，让人愉悦，病人出院后还可以带回去养着。比如这盆绿之莲，是仙人掌科，像朵碧绿的小莲花，花盆边摆上两只超萌的小猫偶，病人看了一定欢喜。

小玩意卖不了多少钱，但是来来往往，病人和家属都会带上一盆。

她也向看起来像主妇的女人推销迷迭香、薰衣草、薄荷这些可食用的盆栽。土干了再浇水就好，很好养的，放在光照充足的阳台上，做菜时随手摘两叶装点一下，就觉得自己是大厨了呢。

那年，在自强号上他俩比邻而坐。她身边来了一对母子，她立刻起身让位，隔壁男孩犹豫了几秒，跟着站了起来。两人站在走道上听那对母子不住地道谢，都觉得尴尬。男孩眼神示意，她跟随他走到那节车厢外。两人在狭小的空间里面对面。沉默了一会儿，男孩说：“其实你不需要让位，叫我起来就好，小孩子可以坐中间，或是让他妈妈抱着。”

她倒笑了，心想，明明你刚才还不想起来。“又不认识你，怎么可能叫你起来。”她说。

后来她看电影《爱在黎明破晓时》得出结论：所有在火车上邂逅的男女，都会说很多很多的话。那天他俩天南地北什么都聊，下车时她觉得口干舌燥，简直像把一年份的话都讲完了。

他说得更多。他是医学系的学生，但是喜欢植物，读医实在是身为男孩……理由大约五千字吧。他提起一部老电影《绿卡》，问她看过没，她摇头，他叙述了电影的内容，大致是一个男为绿卡、女为拥有温室，假结婚而生真感情的好莱坞爱情故事。

使她心旌荡了一荡的是，他说道："觉得从温室、花房里走出来，手上还沾着泥土的女人，很性感。"内在保守的她能跟陌生男子在火车上闲聊，尤其听见"性感"一词，顿觉脸红。

他们互换了地址。那是一个还以笔写信，贴邮票通信的年代。她很快收到他的信，打开信封，扑鼻一股刺激的甜香，信笺里夹着一叶压扁的迷迭香。她回信打趣他："你这样很娘喔……"老朋友一般，娓娓对他说起课堂上的事。

下一封信，他又夹来一叶薰衣草，说都是他父亲种的，父亲为了躲避母亲唠叨，整天蹲在屋顶小花圃里。也许他喜欢植物是遗传自父亲，也许他也在躲避母亲。他似乎毫无保留地把自己摊开来。她回信写道："迷迭香、薰衣草，在我眼里都是菜！"回避他的自剖，刻意的不浪漫，却忍不住等待他的反应、他的回信。

等待他的信，她得了写信、读信的热病。直到那封信——他说要到学校来看她，她忽而觉醒：通信，不只是通信。而她已经有交往三年多的男友了。

只是来看看她，人家又没说什么，她却心慌意乱，觉得自己闯了大祸。几乎是没经大脑地写了封决绝的信，说不想见面，从此请不要再联络了。她不说理由，也没承认自己已经有了男朋友，那信写得幼稚又荒谬。

不知道他收到信了没，反正他来了。请舍监广播，请经过的同学来敲门，而她坐在床上一脸呆滞。知道她在，他索性在墙外喊她的名字，弄得有点沸沸扬扬了。室友叹口气："你就出去讲清楚吧。"语气里极力掩饰责备的意味。她更心慌了。出去做什么呢？信都那么写了。

她的窗子看不到宿舍门口，只能想象他失望离去的背影。她忽然哭起来，不确定是为了失去他而心痛，还是为了不明不白猝然斩断情缘觉得自己愚蠢而哭。

毕业后，等待同年次的男友当兵归来，结了婚。六年，她始终没能怀孕。后来丈夫外调上海工作，一年，两年，三年，

迷迭香、薰衣草……她埋首花草中，嗅着它们的气味，

那些气味是她独有的时光机。

如同听到的千千百百台商的故事，他回家的次数愈来愈少。

她请了长假，悄悄赴上海，也不敢找到先生的公司去，在那样的城市里胡乱摸索，根本是海里寻针。她终于打电话给她唯一认识的先生的老同事，让她带引她，从远处默默窥看丈夫幸福的一家三口。“那是上海女人吗？”话出口，自己算算，时间仿佛不对，那小孩子看起来不止三岁吧？不过她对小孩子的年龄大小也不是很有概念。

“那时候他主动请调内地，来了我们才知道，他带来的家小不是你。”

“为什么就没有人告诉我？”

“这种事怎么能由旁人来说，你难道一点点感觉都没有？”语气里极力掩饰责备的意味，竟使她蓦地想起什么，胸口一痛。

我要惩罚你！放了他吧……我要惩罚你！放了他吧……两种声音从一登上飞机便嗡嗡嗡嗡塞满她的耳朵，随着机身攀高，耳朵压力愈大。她捂着耳朵，神情痛苦，身旁的阿伯好心建议她：“打几个哈欠就过去了，你试试看。”她傻傻跟随着阿伯的节奏，一起张嘴、哈欠，张嘴、哈欠……

人生啊，是否打几个哈欠，就过去了？考虑了很久，她打了电话，请老公回来一趟，签字离婚吧，把共有的财产公平分一分，她也不要赡养费了。

她开过好几种店，勉勉强强维持营运就顶让出去，终于让她身心安顿下来的，是这一家小花店。她埋首花草中，满手泥土。有时自己晾晒迷迭香、薰衣草，嗅闻它们的气味。

那些气味是她独有的时光机，闭上眼睛，她会看到男孩背靠着车厢，眼睛微微眯起，似乎在回想电影中的场景。男孩认真地说："觉得从温室、花房里走出来，手上还沾着泥土的女人，很性感。"

微 盐 小 食

## 迷迭香烤鸡腿

为自己种一盆迷迭香，假装是大厨。

◎材料：

鸡腿两个、松子一把、杏鲍菇数个、玉米笋数根、秋葵数根、红黄甜椒各半个、马铃薯两个。盐少许、橄榄油少许。

◎ 腌料：

迷迭香二分之一小匙、白酒两大匙、盐二分之一小匙。

◎做法：

1. 鸡腿加入腌料腌半小时。
2. 马铃薯以锡箔纸包裹。
3. 所有蔬菜洗净，杏鲍菇、甜椒切块，与少许盐、橄榄油拌匀。
4. 烤箱二百四十摄氏度预热后，放入马铃薯、松子及准备好的蔬菜（三者可分放不同烤盘同时放入烤箱，以节省电力）。松子烤五分钟即先取出，蔬菜烤约十五分钟至熟软，马铃薯需烤五十分钟。
5. 取出松子、蔬菜后，放入鸡腿烤约二十五分钟（可先烤十五分钟，翻面烤五分钟，翻回正面再烤五分钟），烤至表皮金黄微脆。这时马铃薯大约也熟了。可取筷试试，能顺利插入即可取出。

微盐年代

# 总有一个人会先醒过来

微盐年代

电话响起时，她刚洗完头发，还来不及吹，拿着手机，一手绕着鬈发，想起当年，他帮她吹整长发的时光。他说：“我就在你家附近噢。”附近？她走到窗前张望。这是个中型社区，有五栋大楼，围着泳池、小花园。他说：“我刚接到一个案子，就在你们社区，C 栋。你住哪一栋？”

“D，就隔壁栋。”

他告诉她，这个社区盖得不错，虽然在山坡上，整个地基是水坝式的盖法，结构稳固，建筑使用的材料都是上等。虽然类似的话在购买时早听中介强调过，但由他来说，觉得特别安心。他是学建筑的，现在做室内设计。

买这间房，不仅倾尽所有，还套着几百万的债务枷锁，可是她觉得好自由，好自由……她已经三十六岁了，第一次得到这种自由。她从家里逃出来，以她母亲的说法，她把妈妈遗弃了。

她和他大学就认识，在一起多年。妈妈反对，嫌他个子矮，嫌他小她一岁，嫌他说话太娘，没说出口的是嫌他家穷。这些她懒得说也懒得想，一旦被说出口，他们有过的爱情就俗了。直到后来，她才真正懂得，妈妈其实没有那么讨厌他，妈妈从没有喜欢过她交往的任何一个男人。

她不是妈妈唯一的小孩，但是妈妈习惯把她绑在身边。

她是家里最会念书的孩子，也是最好看的。姐姐、弟弟、两个妹妹全成家搬出去了，留下她这个老二，坐上外商银行副总的位子，仍要任凭妈妈随传随到，有时候妈妈只是有点头痛而已。

妈妈并不是寡母，爸爸还在，前不久从公职退休了。她琢磨多年，直到听见前任男友说，你跟你妈其实很像，她电掣般领悟，妈妈是怕她复制了她的人生。妈妈以为她会有不平凡的未来。

前男友离开她时残忍地对她说："我在一篇文章里读到，说看母亲，就能够预测女儿的个性。忧郁的母亲，通常也会有不快乐的女儿。"他说："你该独立了，没必要继承那片阴影。"他诚恳建议，但无意等待她。他觉得她很美，说她像周慧敏，但是怕跟她组成家庭，于是从她身边逃走了。

她动念想买房子，母亲与她冷战，并且很快就病倒了。她用完了一年里所有的假期，陪妈妈看病。而后，把妈妈带到新屋来，房子里充满新装潢的气味。两人默默站在狭窄的厨房走道，母亲打开流理台上干净的玻璃柜。她说："从这里回家，计程车不到一百块，你就让我自己生活吧。我想要一个自己的锅子、自己的砧板、自己的烤箱。我会照顾自己。你跟爸多出去走走，身体才会好。"

母亲试开了瓦斯炉，望着蓝色的火焰：“这瓦斯炉火不够大。上次你弟带回来一组黑钻锅，我叫他搬过来。”

她想，或许，她的问题从来就不在于妈妈，是她自己没有勇气。过去她遇见的男人，也都没有足够的勇气。

电话里，他忽然说：“我差不多十二点收工，等一下你要不要走到中庭？我们几年没见了。”

“四年。”她在心底默默对自己说，但没说出口，不想让他觉得自己数着分离的时光。

上回见面，其实是偶遇。他们分手后，他就出国念书了。重逢时，各自都有伴侣了。她去看大学同学小冰的新家。小冰要结婚了，找一群同学聚聚，快乐地展示她跟老公的窝。打开卧室门，大家笑闹起来，主卧室里的浴室门做成矮木门，上头未封满，坐在床上，可以看见淋浴中的人。“太浪漫了吧！”“哇，不能随便开她家房间门耶。”小冰红着脸指着他：“都是他设计的啦！”他是在场唯一的男士。

到十一点，小冰的未婚夫也要过来。小冰说：“大家饿了啦，你带夜宵来。”结果他带了几片香鸡排，说太晚了，买不到什么东西了。“好腻啊，谁要吃鸡排！”小冰忽然厌恶地别开脸，使起性子。大家面面相觑，不知道真动手吃起来会不会把小冰搞得下不了台，但放着不吃，又觉得男主人太可怜了。

这个房子的设计师忽然问道："你家里有柠檬吗？"

"有。"小冰从冰箱里抱出一大袋柠檬。众人气氛又活跃回来了，班长说："冰箱里什么也没有，冰一堆柠檬干吗？你是怀孕噢。"话一出口，大家看着小冰吃惊的脸，恍然大悟："真的吗？"小冰点点头，几个女人叽叽喳喳、又哭又笑，把小冰簇拥到一边去。

留下两个男人在厨房里。设计师把鸡排切成小块摆放在大瓷盘里，拿一个柠檬挤汁，调些水、盐、糖、太白粉，拌匀煮滚了淋上鸡片。男主人重新端出那盘鸡片，女人们"哇"地一拥而上。

她看着还站在厨房门口的他，玩笑问道："什么时候变得那么贤惠了？"

"出国念书的时候学的，我现在很会做菜噢。"

"有这种好事，怎么不早点说？"意识到自己的话太暧昧，她转头去抢了一块鸡肉放嘴里。淋上的柠檬酱汁，把厚炸的油味消除掉了，众人嚷嚷着好吃好吃。

他说："外头炸的鸡片，再怎么样都有油耗味，如果鸡片是我炸的，保证你会爱上……"两个人忽而都静默了。

原本那晚要住下来的，她跟小冰说，怕妈妈担心，还是回去好了。小冰嘟着嘴："说好我们大家要聊通宵耶。"她说："你有身孕，睡眠要够，婚礼就会见面了。"小冰拉着她的手不放。他帮她说话了，说的却是："放她回去吧，过了十二点，她可能会变南瓜。"她看了他一眼。

"过了十二点，你会变南瓜吗？"年轻的时候，两个人再快乐，她从不肯留下。

"对，我会变南瓜！"

小冰的婚礼没有见到他，问了才知道，他也将在同一个月内结婚，习俗上不能参加别人的婚礼。他太太会很幸福吧？她嫉妒地想着，自己这一生，还有幸福的可能吗？

他说："等下到中庭来，让我看看你现在的样子。"

她慌乱起来，那么要不要化个妆呢？可是他知道她是从家里出来的，又不是街上偶遇，还去化妆，太刻意了吧？干脆假装顺便出门？对，假装出去买东西。

她至少换了十套衣服，化了非常有技巧的淡妆，戴了项链，耳环……就不用了，香水……兰蔻的 Tresor，他以前最迷恋她身上 Tresor 的味道，喜欢埋在她后颈间的长发中……

"我疯了吗……"她捂住脸坐在床上，良久，迷惑地看着手机画面一闪一闪，进来了短信的提醒。滑开手机，她仿佛听得见他的低语："工作室有急事，我得立刻赶回去，今天不能看到你了。”

她立刻就明白了。一旦见了面，世界会混沌起来，他抽身先走了。就像那年，她抽身先走。他们之中，总有一个人会先醒过来，让世界保持澄明。一旦弄混了，他们有过的爱情就俗了。

微 盐 小 食

## 柠檬鸡片

这道菜要趁热吃！

◎材料：

鸡胸肉四百克、太白粉六大匙、中筋面粉三大匙。

◎腌料：

蛋黄一个、盐二分之一小匙、米酒一大匙、酱油一大匙、白胡椒粉二分之一小匙、太白粉一大匙。

◎柠檬酱汁：

柠檬汁四大匙、水半杯、盐二分之一小匙、糖二分之一小匙、太白粉两小匙、麻油一小匙。

◎做法：

1. 鸡胸肉切薄片，用腌料拌腌二十分钟。

2. 太白粉、中筋面粉混合均匀。

3. 热一锅油，将腌好的鸡胸肉裹上混合好的粉，入热油小火炸半分钟即捞起。油再滚后，迅速入锅再炸半分钟，起锅放吸油纸上。所有鸡肉片炸完、吸油后摆放盘中。

4. 一大匙热油炒“柠檬酱汁”的所有作料，煮滚即成柠檬酱汁。淋在炸好的鸡片上即成。

微盐年代

# 你给我过来

微盐年代

玻璃窗外有人站在大楼洗窗机上。她走近窗边，与那戴着安全头盔的年轻男人目光对视了几秒，男人移开目光，专注于手上的长刷。她退开，仍远远偷瞄那男人。

他长得像一个人。当然不会是他，她认识他时他就差不多这年纪，这都十多年过去了，而且他惧高，就算流落街头，也没法做这份工作吧。

但他会不会真的流落街头呢？在他们还是同事的时候，她就想过这个问题。

那是她的文艺少女时期，清楚的坐标是村上春树、米兰·昆德拉。读《听风的歌》时想到他。书中的女人打电话给主角，问他喜欢炖牛肉不。“喜欢。”“我做好了。”问他要不要过来吃。“不错啊。”女人说：“OK，一个钟头过来。如果迟到我就全部倒进垃圾桶噢，知道吗？”“可是……”“我最讨厌等人了，就这样噢。”

“我最讨厌等人了，就这样噢。”她深吸一口气，原来，也有一种爱情的形式是这样的，然而她永远在等他。

约会时等他，一起工作时等他，一起看电影——只有过两次，都因为等他而从影片中间入场看起，她便不再尝试。他过着完全没有时间感的日子。直到有一天她发现，那一次的等待，他并不是睡过头了，而是和别人在一起。为了避免

隔着一扇扇窗子，看见窗里形形色色的女人。

也许有一个女人会开窗对你说，我做了炖牛肉噢。

尴尬，她辞了工作。同业马上就传开了，立刻有新的职务迎接她。

从入行开始，他就是她的导师，教她许多东西。过去一直不肯动，是为了守着他。最后一天上班时，远远看着他的“空位”，她想着，再有才气，他终有一天会因为难于合作而被这个行业淘汰吧。她不确定自己这么想着，是诅咒，还是担忧他。

读《生命中不能承受之轻》时，她就曾问过他：“哎，觉得你有一天，被十家公司 fire（炒鱿鱼）之后，也会像托马斯一样，变成洗窗户的清洁工。”他摇头表示不可能：“台湾的洗窗工人要吊在洗窗机上，我惧高。”

窗外的洗窗机已经上升了一层楼，她走近窗边仰看，这角度只隐约看得见他的安全帽，看不见那张神似他的脸。

托马斯做了洗窗工人，每天扛着长杆走过布拉格，觉得自己年轻了十岁。许多过去的病人纷纷打电话到他的工作单位，指名要他。他们开香槟、白兰地款待他，然后在他的工单上签上他洗了十三扇窗户。他心情愉快极了，穿过布拉格的街巷，从一瓶葡萄酒晃到另一瓶，这是他伟大的长假。这多出来的大把时间，就是自由空间，对托马斯而言，从少年时代开始，自由的空间就意味着女人。

唉，她对他说："如果有一天，你去做了洗窗工人，隔着一扇扇窗子，会看见窗里形形色色的女人。也许有一个女人会开窗对你说，我做了炖牛肉噢。而你别说一个钟头，一分钟就可以进去吃炖牛肉了。"他却忽然对她说："别光读小说，干我们这一行，你要读读诗。"他们做的是广告。

她开始大量读诗。

她知道他一如她的预言，流浪过几家广告公司。他竟也娶妻、生子。当他们在一起的时候，他总是手一摊："你看我这德行，能成家吗？"几年前他们偶然在一场酒会里相遇，他拿出新名片，不但换了工作，甚至换了名字，他到大陆发展去了。人改了名，行为模式也能转变吗？

但他这一生，仍是她的良师，比如他曾经教她读诗。

洗窗机又上升了，她仰头再见不到洗窗工人，却看见天空出奇地蓝。她心底涌起陈育虹的《魅》，反复咀嚼这句子："山海孕育的合欢哎 / 你把我的心又带远了 / 天那么蓝你给我过来。"她泪流满面。

微 盐 小 食

## 匈牙利炖牛肉

适合做成盖饭!

◎材料：

牛腩四百克、洋葱一个、蘑菇十个、番茄两个。

匈牙利红椒粉三大匙、黑胡椒粉一小匙、高汤二百五十毫升、酸奶油三分之一杯、盐适量。

◎做法：

1. 牛腩、洋葱、蘑菇、番茄均切块。

2. 牛腩大火炸一分钟，锁住水分，迅速捞起。

3. 另起油锅，小火炒香洋葱，再投入蘑菇、番茄，炒软后，加入匈牙利红椒粉、黑胡椒粉、高汤、盐等食材，加入牛腩。煮滚后转小火，炖二十五分钟。

4. 关火前拌入酸奶油即成。

◎酸奶油做法：

用动物性鲜奶油与原味优格四比一的比例（如二百毫升鲜奶油加五十毫升优格）搅拌均匀，密封放在室温下静置八小时，即成酸奶油。做成后放入冰箱可保存一个月。

微盐年代

每一根笋，包藏一个答案

微盐年代

为什么会那么热爱红烧肉呢？他说：“嗯，这个嘛，有个故事……”她打断他：“你绝对不要告诉我，那年，你妈妈离家出走，你回到家里，桌上摆着妈妈做的红烧肉，从此以后，一吃红烧肉就想起妈妈……”

“谁的妈妈离家出走了？”他说，“我是说啊，小六的时候带便当，我隔壁女生的便当盒里经常出现漂亮的红烧肉，哇，超漂亮，那个光泽。有一次，我真的受不了啦，叫她给我吃一口，她就把她便当里的红烧肉统统挖给我……”

“好吃吗？”

“何止好吃，一辈子都忘不了的味道。”

“那你不会叫你妈做吗？”

“做啊，可是我妈怎么做都不好吃！不是肥腻得要命，就是烧得黑黑的，咸得要死。奇怪，我妈就是不会做红烧肉，害得我后来不管到哪儿吃饭，都会想点红烧肉吃吃看，想要找到那个女生便当里的味道。它外观家常，但腴润不腻，比一般吃到的红烧肉清爽。”

她突然听见了一个关键词——女生！“该不是你暗恋那个女生，她又对你那么好，把便当里的红烧肉统统给你，于是你升华了那些肉，在记忆、想象中，美化成不世出的红烧肉！”

“什么啊！我连她、她长什么样子，都、都忘记了……”

她觉得他语气勉强，略有口吃，十分可疑，但不排斥为他试做红烧肉。

把五花肉切块，在水龙头下哗哗哗哗冲洗，去除肉腥。取一根竹笋，卸下一层一层外衣，她喜欢这种剥除厚壳的快感，露出嫩白的内里。每一根笋，包藏一个答案。把笋切成滚刀块，沸水中氽一下。大火煎肉块，逼出肥腻，尚未调理酱汁，便已经以火上色，煎得赤艳。然后起锅，倒掉大部分油脂。锅留少许油，小火炒香葱、姜，放回肉块，加入酱油、米酒、水，小火炖煮。半小时后，加入笋块、糖。再熬半小时，汁收得只余不太滚动的光泽了。

“来，吃一块，是这个味道吗？”

他才见到那小锅，眼睛便亮了，他恍然大悟：“是笋子！我小时候吃到的那个红烧肉，就是用笋子烧的！”

做一道好吃的红烧肉，一小时以上的工夫是必要的。但她有耐心。那道红烧肉完全合乎他的心意，他不断地说，原来如此。

这就是他的红烧肉故事了。在她走了之后，他并不对人提起，他知道她讨厌俗滥的故事。她是那么有耐心的人，却走得那样突兀，那年她搭上飞往香港的华航，飞机在澎湖上空解体。

他常常想起他们初识的那个下午，两个人参加研讨会，到了会议地点才发觉，需要脱鞋进场。他发言时，坐在第一排的她笑盈盈地望着他，使他说得语无伦次。那美丽的笑容是从眼睛里漾出来的，像对他诉说着秘密。会议一结束，他就走到她面前：“一起去吃饭？”她愣了一下，也就跟着他走。

他们到附近一家港式餐厅饮茶。她说：“哎，你会口吃耶。”她明知道他是被她的笑容搞得神不守舍。“你刚才到底在笑什么？”她手托着下巴想了一下，下决心般对他说：“你知不知道，你穿了一只深蓝色一只黑色的袜子？”

他十分惊诧，低头看自己的袜子。她以为他会说，啊，出门太匆忙穿错了。没想到他的解释是：“其实我是色盲，光线不好的时候，某些颜色会分不清楚。”她比他更尴尬。

“小学的时候，美术课偶尔会画出奇怪的作品，最常弄错的是深咖啡色和墨绿色，因为是赤绿色色盲，就会涂出咖啡色的树叶来。”

“秋天有时候会这样啊。”她安慰他。

“咦，那时候，坐我旁边的小女生也是这样安慰我的。”

后来，她总是仔细检查他的穿着、配色，陪他买衣服、买领带。她有耐心。

他们只在一起两年，甚至来不及结婚。太痛了，他把这些记忆，把她的笑容严严实实埋藏起来，埋在心底很深很深的位置。还是太痛了，一年年，长出了一瓣一瓣厚壳裹住它，他才能够好好地过这人生，才能结婚、生子，才能去旅行、看画展、听音乐会、参加同学会……

有人问他红烧肉的秘诀，那是他跟她学来的拿手好菜，他也不排斥做给家人吃，接受妻子的赞美。但是啊，剥除笋壳的过程，为什么始终这样难受呢？

微 盐 小 食

# 红烧肉

竹笋是红烧肉清爽的好搭档。

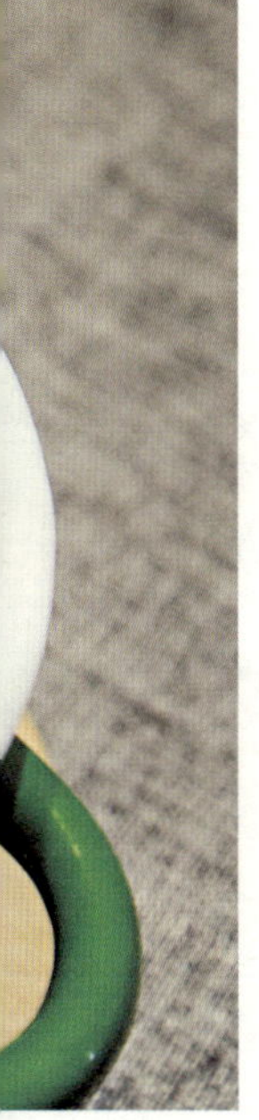

◎ 材料：

五花肉六百克、竹笋一根、葱两根、姜三片、酱油四分之一杯、米酒两大匙、水一杯、糖一茶匙。

◎做法：

1. 五花肉切小方块，竹笋切滚刀块，葱切段，姜切片。
2. 竹笋滚水氽一下即取出。
3. 中火煎五花肉至表面微焦，取出。
4. 锅留少许油，小火爆香葱、姜，放回肉块，一边翻动，一边陆续加入酱油、米酒，拌匀，再加入水，煮开后转小火，炖三十分钟。其间，偶尔搅动。
5. 加入糖、笋块，随时搅动，留意酱汁勿烧干，再炖三十分钟即成。

微盐年代

# 我刚刚吃的面疙瘩叫什么？

我又来到左岸佩斯。那家小餐馆还在，三年前那位台湾厨师也还在吗？我要对他说什么？就算什么也不敢说，我至少要问他“古拉什”的做法，我想带着他的食谱回台北……

高一那年，我在学校的公布栏上看见妈妈的名字，文学奖评审会，妈妈是三位小说评审之一。

过去隐约知道妈妈好像有点名气，可是我在课本里从没读过她的文章。我问过妈妈：“你不是作家吗？为什么课本里都没有你的文章？”她跟我说：“因为我还不够老，你读到的都是老人的作品。”初中时，我发现课本上有作家比她还年轻，她又说：“那是因为妈妈写得比较深，等你读大学就读到了！”我们俩一起笑倒了。

原来真的有很多人认识她。我去听了那场评审会，虽然我并没有参加比赛。我很早就立志学兽医，从没想过要跟妈妈一样当作家。

从小，我们活得像一个成语——相依为命。好像是小四的时候吧，偶然听到外婆跟舅舅说：“你妹妹走到哪儿都带着丫头，这样怎么可能遇得到姻缘！”当时似懂非懂，慢慢也就懂了。

我的身份证上父亲栏是空白的。那块空白，是我们家的一个黑洞，它时大时小。在外婆家，它常常变得非常巨大，外婆始终认为一定要把那栏空白填上名字，有时导致妈妈拉起我的手就走。走了又后悔，她对我说：“你以后不要像我这样伤自己妈妈的心。”自己妈妈？我说：“那不就是你吗？”“就是说啊！”妈妈笑了，“很不要脸吧？”这个黑洞，在我和妈妈之间，可以缩得极小，小到看不见，因为妈妈也是爸爸。

我念小五、小六之后，就不太跟着妈妈参加她外头的活动了。刚好我的功课变重了，去外婆家吃了晚饭回来，自己做功课、练琴、洗澡，周末要补习英文、练钢琴，我跟妈妈相处的模式，变得像室友，又像姐妹，好像外婆是我们俩的妈。

妈妈是作家这件事，我感觉很酷，但过去我从未读过她的作品。她写小说，我没有兴趣，我从小只喜欢读科普读物，连童话故事我也觉得无聊。这天来到评审会场，我想看看妈妈在台上的模样，看她怎么样像一个老师，对学生说明她对作品的看法。

她在我面前从没有老师的样子，她老是被我唠叨：“妈，你要吃水果，外婆把凤梨削好了。”“妈，可以资源回收的瓶子不要丢在垃圾桶，我旁边有放回收的纸袋。”她很少做饭，做了也很恐怖，她会把冰箱里所有的东西都放在锅里一起煮，加一些奇怪的香料，还说那是异国风情。

她在台上和同台的两位男作家谈笑风生，那是我很久没有看过的妈妈。小时候黏在她身边，见到许多大人的记忆已经模糊了。那两位男作家，三言两语就会恭维一下妈妈，还会假装争风吃醋，把场面弄得很刺激，同学们不停地发出笑声。我也跟着大家大笑，甚至想象，这两人之一，谁来填我身份证上的父亲栏空白比较好。

他俩一个瘦高、一个矮胖，对比很有趣。矮胖的更会说笑，他努力为只获得他一票的作品拉票，说："这篇写前女友，你们知道，前女友是世上最难写的一种动物。"妈妈不甘示弱地回他一句："前男友也不好写啊！"台下哄堂大笑。我远远望着妈妈调皮的神情，在笑容化掉的一瞬间，察觉到一抹苦涩。前男友，这个集合名词之中，包含我的生父吧？

"前男友也不好写啊！"反复咀嚼这句母亲脱口而出的话语，这意味着她努力地写过，深知它的难处……我第一次有了这个念头：去读母亲的小说，那里面，一定有我生父的秘密。

母亲写过的小说真不少。九本短篇小说集，三本长篇，至少上百个故事，这里面究竟有我生父的几条线索？

我一开始还拿笔记本记录每一篇小说里出现的男人，分析他们的可能概率。记了两本之后，就发现这其中的徒劳了。

原来小说是把现实里的东西都揉碎了重组，无论背景、长相、个性、命运，那一个又一个不同形式，拥有不同配备、发展运途的“变形金刚”，每一个都可能含有我生父的某一个零件、某一块碎片。

直到我把母亲的小说全部读完了，我才领悟其中真正的关键。

我发现母亲的小说里经常出现一个类似的角色，他不一定是主角，性别有时也可能是女人，他无预警地消失于原有的人际网络之中。有的写他的亲人、朋友回忆与他相处的点点滴滴，寻找他消失的前奏，叩问他舍离的理由；有的写他们的愤怒、悲伤；有的是悔恨、自责，认为自己是逼走他的最后一根稻草；有的也梦想跟他一样，抛下所有，重新得到另一个人生；有的着力书写他走后，留下来的人如何如常地过日子，或者再也不能如常地过日子。

在母亲比较后期的小说中，这类型的人物开始以不同的面貌“被发现”，变成一个偏远小学的教师、国际志工、有机食品超市的老板、花田农场工人、某种宗教狂热分子、在遥远的非洲开一家什么都卖的杂货店的老板、拉斯维加斯赌场的酒保、定居东欧的小餐馆厨师、旧金山码头的街头艺人、长发过腰的流浪汉……他们对于被亲人旧识“认出”“找到”，有的反应漠然；有的立即切断网络，再度消失；有的平和以对，但像拔除了过往所有尖刺，变得面目平滑；有的个性似从软泥里长出的一片荆棘；有的像站在高处，俯视这俗世、俗人们；有的再也无法直视亲人的眼睛；有的牵到北京还是牛；有的彻彻底底换了灵魂。

我明白了，这些，都是我的生父，这是我母亲穷其半生一直在寻找的答案。我的生父是我母亲生命的伤害者，也是开示者。

生父的无预警消失（从这些小说中，我已经根深蒂固这么认定了），固然开启了母亲的想象——小说本来就仿佛是作者的“另一个人生”。一方面，在小说之中，过起“另一个人生”，那是分岔再分岔的生命可能；另一方面，却把母亲的情感停留在分离焦虑症的幼儿期。这是我大三那年决定去维也纳做交换学生，感受到妈妈异于寻常的慌乱不安，才忽而明白的。

我甚至延伸推测，也因此，她再也无法接纳稳定的情感吧。她一直还保有女孩的样貌，看来不乏追求者，好像也没有爱我爱到需要牺牲一辈子的青春。

我告诉妈妈想去欧洲交换：“我们有钱吗？不用学费，但是生活费还蛮高的。”妈说钱不是问题，这就是答应的意

小说是把现实里的东西都揉碎了重组，那一个又一个不同运途的“变形金刚”，每一个都可能含有那个人的某一个零件、某一块碎片。

思了。我却发现她开始失眠，半夜会跑来看我是否在床上。我还没出国，她已经瘦了一大圈。

我还是出发了，但在维也纳期间，我不停发“脸书”，直播我的生活，其实是为她一个人发的，让她知道：我还在，我还在。

圣诞假期跟室友去布达佩斯。在左岸佩斯炼桥头附近一家小餐馆，遇见了一位台湾厨师。那不是中国餐馆，提供的是当地料理，以匈牙利红椒粉做出各种炖牛肉、炖鱼、炖菜、炖马铃薯、包心菜卷……

他从厨房走到我的面前，他的身上有种甜甜辣辣的烟熏味，他用中文问我：“这里的食物吃得惯吗？”我说很好，我喜欢。什么都炖在一起的风格，对我来说有妈妈的味道，当然比我妈做的好吃多了。他笑了，他看起来四十多岁。

妈妈的小说里有一篇，多年后，女主角旅行来到布达佩斯，在餐馆和不告而别、连他父母都不知去向的男主角偶遇。这是跟室友计划小旅行时，我不假思索就说想去布达佩斯的原因。在这城市里，我的目光越过一张张铺着桌巾的木桌，探向厨房，寻找着东方面孔的厨师。

明知道我所遇见的男人，只有极小的概率是我的生父，他至多是那无数碎片中的一片吧，我却目不转睛地望着他，想要问他如何来到这里，如何定居下来，可有想念台湾的亲人朋友……但我还没说出口，他已经转身了。我在他身后迸出一句：“我们刚刚吃的那个面疙瘩叫什么？”

他回身详细对我说明，那叫“古拉什”，goulash，是匈牙利的经典料理。古拉什本来是一道汤品，以牛肉、大量蔬菜、辛香料熬煮，加上迷你面疙瘩。他增加了面疙瘩的比例，作为午餐时间供应的主食。我战栗地听着。他说：“这不是你在台湾吃到的面疙瘩喔。这叫csipetke，用蛋和面粉揉成。”

我知道的。

在妈妈的小说里，最后，女主角就是问厨师：“我刚刚吃的那个面疙瘩叫什么？”

微 盐 小 食

## 古拉什面疙瘩

多放点面疙瘩，就可当主食了。

◎ **材料：**

厚片培根两条、洋葱一个、牛腱肉五百克、胡萝卜两根、南瓜二百克、番茄两个、西芹一百克、马铃薯四百克、匈牙利红椒粉三汤匙、小茴香籽一茶匙、水二千毫升、蛋两个、中筋面粉二百克、盐少许。

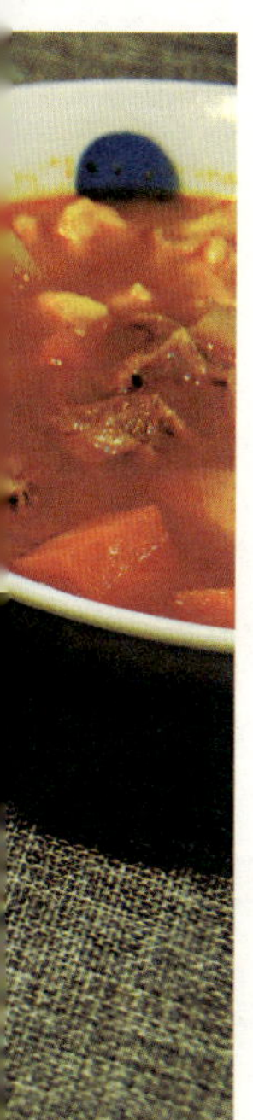

◎ **做法：**

1. 培根、洋葱切丁，牛腱肉、胡萝卜、南瓜、西芹、马铃薯、番茄切块，也可依喜好加青椒等其他蔬菜。
2. 少许油炒香培根丁，加入洋葱丁，小火炒到洋葱呈半透明状。
3. 加入牛腱肉翻炒，一边加入匈牙利红椒粉、小茴香籽，炒匀后加入二千毫升的水。水滚后，转小火加盖炖煮一小时。
4. 加入各种蔬菜，续炖二十分钟。
5. 制作面疙瘩（匈牙利蛋面）：把蛋打散，加少许盐，慢慢倒入面粉，持续搅拌揉捏成面团。
6. 所有食材煮软后，将揉好的面团揉搓成细长条，快速捏出一个个小球或玉米片形状，立刻丢入汤里。所有面团全部加入后，开中火再煮三至五分钟，小面团浮起时便完成了。

微盐年代

我想要回答你，还来得及吗？

微盐年代

他们相识的地点、场景，真是奇哉怪也。在阳明山上的国民党党史库，一个学历史，一个学中文，恰好在同一天上山找硕士论文资料。

整个阅览室就他们两个人，各据一桌，翻着20世纪三四十年代的旧报纸。女生轻轻笑出声音，男生好奇地靠过去看，表情不解。女生指指泛黄旧报纸角落的一则广告："精血不足，补肾宝典……"翻页又一则："肾亏、阳痿不足畏……"男生也笑了："不论什么样的时代，男人的恐惧从来没改变过。"

真不敢相信，这竟然是他俩初见时的开场白，怎么可以！那时她只顾着笑，后来后悔死了。有人问她怎么认识男友的，她说不出口。

他心中对她真正产生感觉，是黄昏两个人一起走下山的时候。春天的阳明山，四五点以后微风里有淡淡的草香。从瀑布区往下走，她停下来看涓涓水流。她的长发在颈后被蝴蝶大发夹拢住，低头凝望的侧脸，一个长长的耳坠从颊边垂下，坠子是一尾古铜色的小鱼……该怎样解释那触动呢？那一刻，看着她的侧脸，轻轻晃动的小鱼使他感动，使他涌出爱情，很想亲吻她。

他没有对她说过这感触，总不能说他爱上的是耳环上的那尾小鱼，或是小鱼的摇曳使他爱上她吧？对于一个服膺证据的史学研究者，他常常思索着这一幕，而每一次思索，都会从血液里涌出蜜来，舌下唾液大量分泌，他真的想亲吻她啊。

才交往不久，两人的生活便要分道扬镳了。他申请了美国东岸一所大学的博士班。

I—20[①]下来了，他邀请她一起走。他计算过了，他有奖学金，家里环境也还过得去，可以贴补些生活费，只要花费不多，两人生活不成问题。但那意味着他俩必须先结婚，否则她拿什么签证、什么身份跟着他呢？

她迟疑了，才交往几个月便要“托付终身”未免严重。只是，这一去至少五六年，此刻不能把握住，未来谁知道呢？她连自己的未来都还想不清楚。她说，你先去，给我一年的时间想想吧。

送他出国的叮咛，无非努力加餐饭。他总是那么一句：“你又不嫁给我。”他说，吃东西简单啊，反正人需要的就是多糖体、蛋白质、脂肪、矿物质、维生素，把具有这些营养素的东西统统丢进锅里煮一煮，就什么都有啦。

她跟母亲学了一道细工菜——花菇镶虾球，在家练习了好几遍，到他那儿做给他吃。他看她又是剥虾，又是挑肠，又是剁，又是拌，又是捏，心想：吃进去不都是虾吗？他看她把那捏塑了半天的一丸丸虾球，镶进一朵朵香菇里，再摆阵似的放进电锅里蒸。

他说："直接把虾仁和香菇炒一炒不就得了？"她不理他，在厨房里团团转像个小新娘一般。蒸出来一团团小绣球，是很美，可是……吃个东西，值得花那么多功夫吗？

她说："生命即麻烦，怕麻烦，不如死了好。麻烦刚刚完了，人也完了。"

"什么？"

"不是我说的啦，张爱玲说的。"

看来他们真的谈不来，他出国后，两人便淡了。那年代还没有 MSN、"脸书"、Skype，一开始天天写 E-mail，写着写着，间隔便拉长了。

她找到一家出版社的工作，上司还好，但老板是个说话刻毒的女人。有时听老板骂她的主编，她先哭出来。水汪汪的大眼睛难过地望着他，主编一愣，以为她爱上他了。也许她真的爱上他了，但他早有妻女。小出版社，狭窄的空间里，空气中飘浮着暧昧的离子。中午走出办公室，吸一口外头的空气，尽管有些许的烟味、汽油味、水泥味，但空气是干的，不像办公室里四处飘飞的朦胧泡泡，不时沾在睫毛上、手背上……

啊，他去美国东岸已经一年多了。她说过一年后给他答案。一年后，她没答，他也不问，或许他早已有新女友，不需要答案了。

她换了一个工作，又换一个工作。三年中，换了五个工作。这一次离职，她心情黯淡，买张机票飞到京都晃荡。当年不能下定决心跟随他出国，因为对他的感觉还很缥缈，然而慢慢她察觉，每一次遇上挫折、需要抉择的时刻，总会想起他。

回程时飞机在乱流中忽然剧烈震荡，她抚着胸口，脑海中弹出的画面是那年在阳明书屋阅览室里，望见他抱着几大册旧报纸走进来……啊，她对着老报纸笑出声来，原来下意识是想引起他的注意，想要认识他。其实从他一走进来，她的心室就没来由地快速颤动。其实，在做那虾球时，她隐隐希望他再要求她一次，再说一回跟我走吧，而不是说："吃东西干吗要那么麻烦？""虾和香菇，不就是蛋白质、多糖体、维他命吗？"

其实那一天，他完全不明白，他都要离开了，她为什么要把时间花在做一道菜上头，而不是跟他相处呢？男人这种时候，整个脑袋里只有一种东西在蠕动啊！

她说一年后回答他，他等了一年，没有答案，也不敢去问，怕这一问，连朋友都做不成了。他的课业也实在沉重得无暇去想，去确认。搁着吧。一年，又一年，到第三年，他问自己：要继续等待吗？

多年后，他们互相指责对方差点辜负了自己。还好，还好她从京都回来之后便发了E-mail给他，说：我想要回答你，还来得及吗？

（噢，你说这是《微盐年代》出现的第一个喜剧吗？是吧，我想一点点盐，本来就是人生需要的呢。）

注释：① I—20是美国学校提供自费留学生申请签证时的入学证明文件。

微　盐　小　食

## 花菇镶虾球

虾球还可镶豆腐、栉瓜、茄子……

# 花菇镶虾球

◎ 材料：

虾仁二百克、花菇（也可以用新鲜香菇）十至十二朵、葱一根、姜少许、盐四分之一小匙、糖少许、白胡椒粉少许、太白粉一大匙、香油一大匙。

◎ 做法：

1. 花菇泡软、去蒂。

2. 葱、姜切成末（也可加碎荸荠）。

3. 虾仁剁拍成泥，和葱末、姜末、盐、糖、白胡椒粉搅拌均匀，再加入太白粉、香油拌匀，捏成一颗颗小球。

4. 花菇内撒上薄薄一层太白粉，把虾球填进去。

5. 放入电锅，外锅四分之三杯水，蒸熟即成。

# 夏绿蒂的修养

微盐年代

萝西平常是不读小说的，经过学校旁的小书店买下这本 *The Rosie Project*，只是因为书名。她的英文名字叫 Rosie，况且她来念 MBA，跑去修一门 under[①]的课，专门就教怎么写 Project（计划）。但什么是 Rosie Project（罗茜的计划）？好奇，便买下这本英文小说。

男主角 Don，是个读来本身就有心理问题的心理系遗传学教授，简直有强迫症，生活完全规格化，连吃饭都有标准化的“备餐系统”。女主角 Rosie 到他家吃饭，那天星期二，他从浴缸里捡起一只本来在里面爬来爬去的龙虾，准备按每周二的计划做龙虾和芒果酪梨沙拉。她读到这里笑了出来，小说家真会掰，哪有人每个星期吃一只龙虾的？

她边笑边把小说读完了，是个有趣的浪漫喜剧。真的有趣吗？她想，在小说、电影里，人格特征突出的人物会让人觉得好玩，但若在现实生活中相处，那种人肯定很讨厌吧。

小说看完，书不知塞哪儿去了。那时候，萝西不会知道这书种下的暗示，冥冥中影响了她的命运。

她喜欢的那个男孩子是刚从伊利诺大学香槟分校转来念生物的阿杰，阿杰说这个星期有同学从伊利诺过来看他，问可不可以介绍她认识，那是他最要好的朋友。她脑子发涨，捉摸不清这话的语意，是因为她在他心目中很重要，想让自己的好朋友也认识她？还是要做媒，把她介绍给他的好朋友？

她不知道该欢喜还是生气，但不能问啊。她学的管理，在这里唯一派得上用场的，也许就是管理自己的情绪。

她不是浪漫而容易坠入情网的人，身边的女孩子们一向不是在恋爱、失恋，就是在暗恋中，只有她觉得莫名其妙。她曾经问过一位懂命理的学姐："我从来没有感觉过'爱情'，是不是我一辈子都不会拥有这个东西？"学姐笑说："断情根，那是上辈子有修啊！"把她的八字拿来一看，学姐沉吟半晌，意味深长地说："你只有一次机会，来了就好好握牢吧。"

"错过了，这辈子就嫁不出去吗？"

"你不会嫁不出去，像夏绿蒂那样嫁个条件适合的人，你会做这种事。"

"夏绿蒂，谁？"她的朋友中没有夏绿蒂。

"《傲慢与偏见》里的夏绿蒂啊。"

喔，是书里的人。小时候读过简译本，只记得好多女生想嫁人，一直在跳舞，男女主角一个是傲慢，一个是偏见，其他全忘了。对了，还记得一句对白，因为读到的时候大笑出来。女主角那个愚蠢的妈妈对她的父亲唠唠叨叨，细数大女儿在舞会上跟谁谁谁谁跳了舞，女主角的父亲叹了口气说：

"珍如果知道我得听到那么多名字，她不会一直跳个不停的！"

想到这，她不禁莞尔。男女主角是怎么样峰回路转成就了爱情喜剧，全不记得，却记得这句对话，可见自己真的是既不浪漫也不向往。但是，遇见阿杰为什么会心慌意乱呢?

当年，萝西听学姐说到夏绿蒂时一头雾水，那个春假，她便去买了本《傲慢与偏见》来读。这回当然不是看少年简译版，是志文出版的精装本呢。为了弄清楚"像夏绿蒂那样"是什么意思，她一口气读完。第十三章，荒谬、滔滔不绝、又言必称"凯瑟琳夫人"的柯林斯先生出现了。连续几章的描述，都在表现他的天生蠢相。到第二十二章，夏绿蒂，女主角伊丽莎白的手帕交，为了生活的保障、勉强升格的社会经济地位，决定嫁给蠢人柯林斯。

原来学姐说"你会做这种事"指的是这个！她恨不得跟学姐绝交，她哪是要仰仗男人才能活的呢！

如今回想，她不气愤了，却觉得悲凉起来。夏绿蒂是悲凉的，她在安稳庸俗的现实中，偷偷建立自己的小世界。发觉柯林斯"最高尚的娱乐"就是收拾花园，她刻意鼓励他多在花园里待着。萝西想起自己的母亲，若有所悟。父亲退休后，几乎得忧郁症的是妈妈，还好，妈妈从储藏室里找出爸爸年轻时一时兴起买下的一整套木工器具，钻头、线锯机、修边

就像想吃龙虾的人，你在他面前讲一堆什么节俭、什么胆固醇，

拿起菜单，考虑半天，最后他还是会点龙虾。

机什么都有。妈妈引导爸爸建立起木工 DIY 的新生活，解救了全家。现在他们家连面纸盒都是木头做的。

她已经不害怕成为夏绿蒂了，甚至觉得，女人年纪大了之后，都应该有点夏绿蒂的修养。

可是啊，为什么阿杰看她的眼神，让她连路都走不稳呢？阿杰说要她认识他的好朋友，虽然困惑，她却没办法拒绝他。她说，带他一起来吃饭吧。她不想约在餐厅、咖啡厅，俗气地一边喝咖啡，一边听对方洋洋洒洒推销他自己，或是质询、等待她的介绍。到她家，她可以观察，再不济，可以躲进厨房。厨房里，神隐的借口可多着呢。

该做什么招待他们呢？她不是厨艺高超的女生，何况报告都写不完呢。有什么做法简单，却显得慎重，不会让阿杰没面子的食物呢？——俨然自己跟阿杰是男女主人了呀，这想法令她脸红心跳。啊，她想起不久前读过的小说中男主角给女主角做的龙虾！

她开车到渔人码头，找到同学说的可以帮忙处理新鲜龙虾的摊子。她可不想让几只活龙虾在她的浴缸里爬来爬去。老板帮她把虾身和头分装两个袋子，撒上碎冰。她恐惧地指着那三个龙虾头："那个，我不要！"老板不解："你们不是最喜欢拿龙虾头煮味噌豆腐汤吗？"

他还知道味噌豆腐汤？不要，看到那个龙虾头，会觉得自己把海龙王吃掉了，没有头的龙虾，就只是比较大、比较胖的虾。

她要做码头老板教她的奶油焗龙虾，他说龙虾不要过度烹调，正合她意。按着老板教她的，小心翼翼剪开龙虾腹部的壳，把肉翻出来，撒一点点白酒、盐、黑胡椒。放软的牛油和百里香碎叶浓浓涂裹龙虾肉，再把肉塞回虾壳里，送进烤箱。还记得老板挑挑眉毛，唱歌似的对她说："十五分钟以后拿出来，我保证，你的客人会大叫：我爱你！"

* * *

阿杰这名字，是从他的英文名字 Alger 演化来的。

阿杰老是三心二意，他大学读生物，虽然是喜欢的领域，科系也是自己选的，却总觉得前途黯淡。出国时，也试着申请 CS[②]。他托福、GRE 都考了高分，意外拿到 Urbana Champaign 的入学许可。夏天来到这座美丽的双子城，学校四周是青青农田，每日骑车十分惬意。一有空，他就跟一起从台湾来的室友菲利普轮流开车，到处兜风，好像他们就是为了开车才来美国的。

第三个周末，他们开到一个城市公园下车走走。菲利普去找投币饮料，阿杰倚靠着车发呆，一缕白烟倏地蹿入蹿出他的视线。那是什么？抬头看树，天哪！白松鼠！除了头上两抹淡灰色的毛，全身那么洁白、那么美，尾巴像穿了白色大蓬裙。他和它对望了好久。菲利普一回来，白松鼠迅捷跳到别棵树去了。他扭开菲利普丢给他的矿泉水，忽然说："阿菲，我决定去旧金山。"下周就要开学了，一切变得仓皇窘迫。

他真的是个三心二意的人。寒假，菲利普过来玩，说伊利诺太无聊，还是旧金山好玩啊。Urbana 的纬度只比旧金山高一点点，却常下大雪，一下雪，世界白茫茫。"刚看很美，看久了，无聊死了！阿杰，你可能真的来对了。你一开始就应该依照自己的直觉，不要想太多。"然而阿杰告诉他，还有更打不定主意的事。他在台北有个追了两年多的女朋友，那女孩子若即若离的，最近却积极了起来。

"为什么？"

"女生第六感都很准。"

"你移情别恋了？"

"我也不知道。"

"我不相信那种'自己也不知道'的说法。你其实一定知道。”

他开始讲述跟萝西认识的过程。萝西在停车场开车门时剐蹭到了他的车，她给他留了便利贴在车窗上。所以，他们是从一张便利贴开始交往的。

菲利普笑说：“这个女生很诚实，是我就落跑了。”

对，她很诚实，不会玩许多女孩子欲擒故纵的把戏。她“喜欢他”的讯息清楚明白，有时他靠近她说几句话，能察觉她额上微微地沁汗，像紧张的小动物轻颤的反应。她的额头很美很饱满，高智商的感觉，跟她感情上的稚拙有很大的反差。

比起来，台北女友狡黠活泼得多。他之前追得那么辛苦，竟然离开不到半年就变了，好像自己是个烂人。他必须尽快抉择，这种模糊状况持续下去，就真的是摆烂了。菲利普淡淡地说：“想怎么做，其实你心里已经决定了。”

“我决定了什么？”

“我们男人啊，”菲利普说，“就像想吃龙虾的人，你在他面前讲一堆什么节俭、什么胆固醇，拿起菜单，考虑半天，最后他还是会点龙虾。”

“她们是人，又不是虾！”

阿杰停好车：“到她面前不要乱讲话，回去再给我意见。”

菲利普说："你不需要我的意见……啊，好香啊！"空气中弥漫着一股浓烈欲望的香气，菲利普说："你的新欢在煮什么？"

萝西戴着大手套，从烤箱里捧出深蓝色北欧风烤盘。一放上餐桌，两个男孩子异口同声大叫："龙虾！"

注释：① under，指大学部。

② CS：Computer Science（计算科学）。

微 盐 小 食

## 奶油焗龙虾

## 奶油焗龙虾

◎材料：

龙虾尾三只、牛油一百五十克、百里香六小匙，白酒、盐、黑胡椒粉适量。

◎做法：

1. 剪开龙虾腹部的壳，把肉翻出来，用少许白酒、盐、黑胡椒腌十五分钟。烤箱以一百九十摄氏度预热。

2. 牛油放软，与百里香碎叶搅拌均匀，涂裹龙虾肉，再把肉塞回虾壳里，多余的奶油在虾腹上全部涂抹完。放进烤盘，烤十五分钟即成。

# 莎莎

微盐年代

她什么都不会，就会做莎莎酱，老公、小孩现在索性都喊她莎莎。

她的莎莎酱就是他们一家的四季，虽然只是细微的颜色、味觉变化，她端出来的时候，总会强调一下：有芒果的莎莎酱快过去了，夏季很长，芒果的时间却那么短暂。家人会"嗯""唉"附和一声，舀一勺莎莎酱，搭配简单干煎的一片鲷鱼，或是几片松阪猪，又或者两尾香煎大明虾，敬一口甜白酒或果汁。

难得职业妇女莎莎周末下厨，整个桌面也会是这样时尚简洁，充满小资情调的。偶尔朋友来，孩子带同学来，无不对莎莎的手艺赞叹不已。他们都不好意思戳破，其实她就只会做莎莎酱而已。不过至少，她煎那些主菜也还小心翼翼，不致烧焦，能够漂亮起锅，放在雅致的餐盘上，看来确实美观。再听她轻叹一声，吃吃看噢，有甜柿的莎莎酱，秋末初冬的味道呢。客人尝一口，赞叹油然而生，与其说是赞叹莎莎的手艺，更像是赞叹上苍的赐予，季节的更替。

她的莎莎酱确实美味。选一两种当令水果，加上番茄、洋葱、香菜这几样基本班底，全部切成小丁，加少许盐、辣椒粉、巴西里末、黑胡椒粉、蜂蜜、柠檬汁搅拌均匀，就是一道酸甜清爽，可以中和肉类油脂荤腥的水果莎莎酱了。高档的水蜜桃花蜜是她的小秘方。想吃辣时，也可以切一点点绿辣椒拌进去。

饭厅也讲究，樱桃木的实木餐桌椅，餐柜是柚木搭配白色带有线条的面板，她觉得这让吃饭有好心情。老公不敢说可是你一年做几次饭呢？他对白色感到压迫，但没有说出口。“白色怎么可能会给人压迫感？”她一定这么反驳。白色太时尚、太简约，太……像他娶回来的老婆。

他爱过一个女孩子，非常聪明，但是有点邋遢。她从洗手间出来，他会悄悄检查她的衣着，因为曾经两度发现她的裙裾一角被内裤的松紧带夹住！他们是研究所同班同学，经常一起上图书馆查资料，日久就在一起了。有一个早晨，他去敲她的房门，门开一条缝，她眼神沉着，不请他进去。他明白了，黯然离开，没头没脑地在街上不断地走，乍然清醒时，发觉自己竟从和平西路一路走到了圆山。

几年后，他们曾在餐厅里重逢。他和妻子安静地吃晚餐，妻忽然说，你不要往后看。“什么？”“我们后面那桌，你不要回头看。”“为什么？”妻脸红了，讷讷地说：“有个女的正在喂奶，她整个都……露出来了。”大约都过去半小时了，他起身上洗手间，走回座位时，向他们后面那桌瞥了一眼，发觉竟是前女友，袒着半边乳房，而且还在喂奶。同桌有两男两女，他连哪一个是她老公都没能看一眼便仓皇坐下，入座的一刹，接收到她的目光，她知道是他，甚至可能早就知道他坐在那里！

他比自己所以为的更心慌，妻子白了他一眼：“叫你不要乱看！”

他觉得自己太荒谬了。妻子貌美，善于打扮，工作也好强，他有时觉得她像家里美丽的饭厅，那么干净明亮，他却不时想起把自己人生搞得一团糟的前女友。他结婚前夕，前女友来到他的面前，求他：“不要结婚好不好？”鼻涕眼泪一大把。在几乎把她拥入怀里的片刻，他想起未婚妻清澈的明眸，觉如棒喝，坚定地把前女友送走了。婚后拥着妻子，却有时想象拥抱着哭求他的前女友，愈责备自己，愈是错乱。

今天，妻的莎莎酱搭配的是白胖胖的大干贝。肉质鲜嫩的干贝，以奶油煎出金黄表面，入口柔腴。小孩都不在，他有些吃惊：“今天吃那么好？”妻笑而不语。

莎莎从谎言中惊醒的那个午后，在书房里哭，哭过，平静了又哭，平静了又哭，到眼泪干涸时，天色已经墨黑了。她在一本旧相簿里旁注的日期发现了一个秘密，原来老公一直使用的提款卡密码，是他前女友的生日。

有次，他在国外，请她帮忙提钱给急需用钱的老妈时，传密码给她，她疑惑地问他："为什么是这么奇怪的数字？"老公轻描淡写地回答："我也忘了为什么，反正已经用很久了。"如今她拿那组密码试老公的电脑，一试就成功。这电脑才买两年而已！

这一天，老公去参加公司举办的运动会，她四体不勤，不太陪他参加这类活动。过去，从未怀疑过老公单独出门的去向，第一次，她失去了信任。她进入老公的信箱、"脸书"浏览，没什么特别的信件，行事历上也确实注记着运动会，看来他们并没有联络。但她还是深深被刺伤了，愚蠢的男人啊。

他们认识的那年，她二十七岁，跟交往五年的男友分手两年多了。那两年，她活在懊悔里。当初为什么非要分手呢？那时就是觉得两人走到了尽头，他做什么都使她反感。她发觉他的书桌垫子下压着一张他美丽的表姐的照片，觉得作呕；他吃饭的咀嚼声使她暴怒；他对时势、政治无穷的意见使她心烦……她看不见爱情是否真已消失，看得见的是这些令人烦躁的琐碎，这些事使她忍无可忍。

她重重打击了他，自己也一点都不好过。那两年，她常无端想起在他家里的一些生活细节。她周末到他家过夜，他们兄弟姐妹会买一大堆的零食、夜市小吃，聚在客厅里边吃边聊。他们的父亲找女朋友去了，而母亲早逝。她接触那样的家庭，才明白没有母亲的家原来是这样的，不需要照三餐吃饭，零食也可以一直吃一直吃。他是老大，两个弟弟、两个妹妹都依恋她，只要她去，大家都不睡，聊天聊到三更半夜。她有时觉得，自己比爱他更甚的是喜欢那样的家庭氛围，没有女主人的家，对一个外来的女孩子来说，意外的轻松。

因为任性，她伤害了他，甚至不只是他，她伤害了他们一家人，也失去了他们一家人。在他们分手后一段时间，懊悔的感觉慢慢笼上来，淹没她。

老公是她哥的同学，他们一伙同学到家里吃火锅。她如常窝在楼上没下去。嫂嫂喊她下楼吃火锅喊了几次，怕让哥嫂难堪，她无奈走出房门。几个未婚的男生一见到楼梯上的她，夸张地打她老哥的头："有这种妹妹，不早带我们来！"未来的老公仰头凝望她的眼睛，掉进海里一般。

昏坐在漆黑的书房里，她终于起身把灯打开，把信箱新收的信恢复成粗黑的"未阅读"状态。把信箱关起来，把电脑关起来。她决定，把他的秘密留在黑色荧幕里吧。

两个孩子都上学了，这几年来，自己未尝不曾想起在悔恨中度过的那两年黯淡岁月，以及更往前的美好时光。当年非分手不可，像契诃夫小说里的女人那样狂喊“生命使我想吐”的症结究竟是什么，却早已化为无形了。老公也是一样的吧？

她还是做莎莎酱，她只会做莎莎酱，但是她想着，可以把她的主菜做得更好一点的。

微 盐 小 食

## 奶油嫩煎干贝佐莎莎酱

水果莎莎酱可中和肉类的油脂荤腥。

**嫩煎干贝**

◎ 材料：

大干贝六个、奶油一大匙、橄榄油一大匙。

◎ 做法：

1. 干贝洗净，常温放二十分钟后擦干水，撒一点点盐调味。

2. 热平底锅，加入奶油、橄榄油，油热至微冒烟才下干贝。干贝之间要留空隙，以免油温降低，便无法煎出金黄色泽。一面约煎两分钟后翻面，再煎两分钟起锅。只要表面色泽金黄微焦即可，无须在锅中全熟，起锅后余热会使中心熟透。

**莎莎酱**

◎ 材料：

苹果、凤梨（或其他当令水果）、番茄、洋葱、香菜均适量。盐、辣椒粉、巴西里末、黑胡椒粉、蜂蜜均适量，柠檬半个。

◎ 做法：

1. 水果、番茄、洋葱、香菜切成相同大小的丁。

2. 柠檬榨汁。

3. 所有材料搅拌均匀即成。

微盐年代

# 有妈妈陪你长大

微盐年代

女儿馨馨无头苍蝇似的，一下子骑脚踏车出去，一下子窝厨房里，进进出出。“这么忙？”他从电脑前抬头，不知道她到底在干吗。馨馨说：“我在试煮意大利面。”

“请男朋友吗？”

馨馨瞪他一眼。她这个夏天就要上大学了，学测完之后，周末家里便常有年轻人出入，但多半是三四个一小群，有男有女，并没有单独带男孩子回来过。会想自己动手做，那一定是有喜欢的对象了吧？

“爸，你以前煮过的那个意大利面，是不是就是用花枝、培根和番茄？”她扬起手上那包培根，“对吧，有加这个？”

培根是没错，但是花枝？他笑起来：“不是用花枝啦，是用透抽。”

“两个不一样吗？”

“花枝比较胖，肉比较厚；透抽细细长长的，才能切成一个个小圈圈。你从小就喜欢吃小圈圈、小贝壳啊。”他跟进厨房，看看她弄到什么地步了。锅子刷得亮晶晶的，流理台上，有番茄、贝壳面，还有一包还没完全退冰的白色头足纲软体动物，果然是花枝。“同学什么时候来？”

“明天啦，我只是想先试煮看看……”

女儿竟然收起刁蛮口气别扭起来，看样子真有喜欢的人了。还试做啊，看来是朝必胜的目标努力呢。她读书从来不需要他操心，课前会自己预习，课后复习就事半功倍，连补习都不必，像她妈妈一样聪明。

“还缺洋葱、蒜……”检查一下柜子里的瓶瓶罐罐，橄榄油，有的；百里香、黑胡椒，有的。但这些东西都摆一年以上了吧？八成过期了。他建议一起去超市把作料买齐。

这不是父女俩第一次上超市，只是馨馨念高中以后功课重，压力大，才比较少跟着他，也可能是她有自己的朋友了。比较小的时候，他去哪儿都带着她，周末去超市补货，馨馨也跟着去。他买水果、鲜奶，馨馨就拼命搬饼干、饮料。面对那些洋芋片、可乐，有时他会想：如果老婆还在，会准许馨馨把这些东西放进购物车吗？一年一年，他的判断愈来愈模糊……妻并不是唠唠叨叨的女人，而且是职业妇女，妻到底是怎么样带孩子的？

妻走的那年，馨馨刚升上小二，别说她对妈妈记忆不深，连他也搞不清楚妻是一个怎么样的母亲，因为……他实在太忙了，他根本不知道她们母女平日是怎么相处的。唯一确定的是，妻很爱女儿，很爱很爱。临终前，她伤心欲绝地对他说：“要先走，让你辛苦了，对不起！对馨馨，我真的好抱歉好抱歉啊，我怎么可以不陪伴她长大！”

一转眼，竟然就十年了。等馨馨上了大学，大概更难跟他出门吧。

馨馨低头从海鲜区拿起一个长条真空包装看："透抽耶，难怪我之前看那个花枝就觉得怪怪的。"

她的长发扎成马尾，一些绒毛般的发丝垂落额前，她已长成比妈妈更漂亮的少女。他想起自己一向并不关心她留什么发型、穿什么衣服，反正大部分时间都是制服。现在看她，才发觉她把自己打理得很好，干干净净的，嗯，那个马尾也绑得很好看……绑马尾大概不是很难吧？主要是，她好像自己就学会了所有女孩子的事务。连发育，都是有一天在超市结账时发觉购物车里有了卫生棉，他才知道女儿初经来了。

馨馨转过头来，对他露出明丽的笑容。

* * *

馨馨从香料区拿起一罐巴西里末，问爸爸："意大利面可以加这个吗？"爸爸说："虽然没加过，但你不觉得这东西光看名字，就知道放进意大利面里一定没问题？""嗯"，她把那罐巴西里末放进小推车。

爸问她意大利面是要做给男朋友吃吗，也对，也不对。

从初三开始，她跟若枫、阿冲、邓子四个人一起上图书馆冲基测，四个人全部上第一志愿。高中三年来，他们一起念书复习段考，校庆时一起回母校，到最近一起冲学测、弄申请资料。他们讲好了，等面试、笔试完，四个人就要痛痛快快地去环岛，回来再接受放榜的审判。他们互相勉励，只要能在第一阶段选择喜欢的校系，放榜出来，有什么念什么，不要参加指考，要开始他们的新生活，他们有好多事想做啊！

可是环岛回来，有些什么不一样了。

她是喜欢阿冲的，从小学就有感觉了。小二那年，妈妈过世了，丧假结束后她回到学校，她知道同学们都在偷偷地看她，她不想在大家面前哭，也不应该随便笑，一整天紧抿着嘴，心里好气妈妈，又想到妈妈开刀的时候一定很痛。每当眼泪想要跑出来，就捏紧拳头，很奇怪，那样就会忍住了。可是写字的时候，手掌打开来，手心里全是汗，她愣愣地看着手：没有哭出来的眼泪，跑到手心里面了吗？

坐她旁边的阿冲从书包里拿出一包面纸，撕开给她。她一接过来，眼泪就哗哗哗流了出来，眼泪的水龙头忽然怎么关也关不起来。阿冲站起来把她遮住，不让大家看她掉眼泪，她一边抽面纸，一边咽下快要发出来的哽咽声……后来呢？好像爸爸就来接她，她也不太记得了。只记得从此阿冲就变成她最要好的朋友，她觉得他们会是一辈子的朋友。

若枫、邓子是上初中才认识的。他们四个同班，邓子本来功课有点烂，但是很聪明，跟他们三个人一起念书之后忽然突飞猛进，基测反而是四个人里考得最好的。

环岛时，他们四个人，两两之间，都有种难以言说的张力。坐在回台北的夜车上，阿冲、若枫都睡着了，她跟邓子聊了很多，好像可以彻夜不睡一直聊下去……阿冲、若枫陆续醒来，四个人就像掉进稠稠的胶水里，噢，馨馨的脑子也变成浓稠的胶水了。

下火车后，他们跑去初中母校附近的一家西餐厅吃早餐。若枫是第一个从胶水里拔出来的，她聊起他们家的早餐，她妈妈最重视早餐了，有时候中式，有时候西式，会打豆浆，会煎汉堡，若没吃就出门，她会披头散发追出来。“我妈乱烦的！”

阿冲忽然打断她：“别一直讲你妈啦。”另外三人抬头看他，全部又掉进胶水里了。

馨馨知道阿冲是怕她难过，其实她并不自怜。有一段时间，网络上流行一篇文章，说爸爸带出来的孩子更聪明，洋洋洒洒列了九大理由，比如爸爸的知识面相对较广，爸爸比较不容易溺爱孩子，爸爸能让孩子情绪稳定、更独立，爸爸有助于培养孩子的冒险和探索精神，爸爸更能够帮孩子养成爱运动的习惯，等等。有同学传了给她，大概是肯定她果然是“爸爸带出来”的“更聪明”的小孩。

她轻易就接受了这种说法，只是觉得自己好像应该多运动，以符合、强化这种论点。这说法使她安心，她不必因为没有妈妈陪伴长大而遗憾，她身心都很健康。

那时候她不知道，有一天，自己会走进这样的迷雾之中：事事护着她的阿冲，有时饶有兴味地看着她的邓子，哪一个才是爱情？或者都不是？若枫忽然变得不是太沉默就是太亢奋，是不是也在这两个男生之间困惑？而她的心呢？她的心呢？

从妈妈过世以来，第一次，她第一次在心里呐喊：如果妈妈你在，你会告诉我答案吗？

没有妈妈，还是会跨过这些事情吧？他们四个人已经变得尴尬而有点陌生了。下个星期，各大学申请入学就会陆续放榜了，他们将北中南各分东西也说不定。她不要失去这三个好朋友！她突发奇想，想要亲手做一餐请他们品尝。

她是爸爸带大的小孩，也可以做出像模像样的意大利面，她从来不因为没有妈妈而自卑，也不要他们这样待她，更不需要对她小心翼翼。爸爸以前做过好好吃的意大利面噢，虽然只做过几次而已，都是她生日、爸爸不加班的时候，且只

在锅里倒一点点橄榄油，小火炒蒜瓣、洋葱、培根末，

放进透抽、白酒、番茄……最后贝壳面进锅……

有那么一招，就是番茄培根透抽贝壳面！

* * *

父女俩同时在厨房里，厨房就挤爆了。奇怪，她也看过若枫和她妈妈在厨房里的画面，却不会有这种感觉。

爸爸教她，把小番茄切成两半，他示范的时候还“噗”地把番茄汁喷到自己脸上。然后撒一点点盐和百里香叶腌起来，再把蒜瓣、洋葱、培根切碎，透抽切成一截截小圆圈。

“开始表演啰！”

爸爸在锅里倒一点点橄榄油，先把培根的油逼出来，小火炒蒜瓣、洋葱、培根末，炒得香气扑鼻时火转大放进透抽。半透明的透抽很快变成了乳白色。“重点来了！这瓶白酒，你闻闻看。”

“好香！”

“香吧？同事送的，开来给你煮面，奢侈吧？”

爸爸倒进白酒时那表情把她逗笑了。

“煮一下，等酒精挥发了把透抽先挑出来才不会煮老。”

爸爸挑透抽，然后放番茄，一下子加水，一下子加盐、加黑胡椒……她在旁边拿着记事本，一道一道记下来。

“等一下，你刚刚是放多少白酒？”

“就这小杯子半杯或是一杯。”

“半杯跟一杯差一倍耶，爸！还有，后来是加多少盐？”

“随便啊。”

爸爸做菜，并没有比较科学嘛！

贝壳面进锅了，爸爸盖上锅盖：“你看看这个包装上写面要煮几分钟，我老花了看不清。”

原来爸爸老花了，她吃了一惊，爸爸看起来一点都不老。

“十分钟。”

爸爸拿出计时器，快速按了十下。动作真熟练，不知道的人会以为他非常会做菜。她觉得骄傲起来。

“爸，我是想煮给我最要好的朋友吃，也想告诉他们，只有爸爸陪伴长大的女生，会念书，也会做饭……”

爸爸愣了一下，掀开锅盖，一边搅动贝壳面，一边说道：“这道意大利面是你妈妈教我的。她说你小时候煮给你吃的东西里，你最喜欢的就是这一道。她的病来得太快，只能教会我这一道了。你从来就不是只有爸爸陪伴长大，也有妈妈陪你长大……”

面的雾气好重啊，她扭过头擦掉脸上的蒸汽，计时器哔哔响了……

微 盐 小 食

# 番茄培根透抽贝壳面

小贝壳和小圈圈，是孩子的最爱。

◎材料：

透抽一尾、小番茄十二至十五个、洋葱四分之一个、蒜一瓣、培根两条、白酒八十毫升、贝壳面三杯、水两杯、盐一小匙、黑胡椒随意、橄榄油两大匙、百里香叶一小匙、巴西里末随意。

◎做法：

1. 小番茄对半切，用少许盐、百里香叶腌一下。

2. 蒜瓣、洋葱、培根切碎，透抽切成小圆圈。

3. 橄榄油中火煎培根，出油后加入蒜末、洋葱，小火炒香。

4. 加入透抽，转大火煮成白色，加白酒，续煮一至两分钟，转小火，取出透抽备用。

5. 加入番茄炒一分钟，加两杯水煮滚，加盐、黑胡椒调味。

6. 加贝壳面，小火煮约十分钟，不时搅动，以免粘锅，太稠时可加少许清水。

7. 放回透抽，再拌煮一分钟起锅。撒上巴西里末即成。

# 最迷人的笑容

微盐年代

看了一下座位，她觉得懊恼，被夹在中间，这是最糟的情况。她喜欢靠窗坐，否则宁可靠走道。这一排的乘客都上来了，老伯伯、中年男子，这下可好，她得被夹在两个男人之间。老伯伯先坐进去了，中年男子很绅士，问她："如果你想坐靠走道，我可以跟你换。"这么好，她难为情地点点头，中年男子帮她把登机箱放在头顶的置物柜，自己先坐进去了。

这男人面熟。她对面孔有良好的辨识和记忆力，而大学时期在餐厅打过工，使得她的记忆匣里储存了相当多的面孔，把这张脸的档案调出来需要一点时间。她努力回想，一定是在餐厅见过的，那是什么样的场景？为什么能感受到深刻的印象？

起飞后他俩各自戴上耳机，看面前的荧幕。她选了欧洲片《爱慕》，老人照顾老人，沉重啊！不过若能看着睡着也不错，她想。

她瞄一眼旁边的画面，反光，看不清楚是什么片，只知道大概是枪战打斗之类。她不太看好莱坞警匪片，也不看周星驰的搞笑片，她的前男友对她说过，你应该多笑笑，别老看艺术片，你的人生太沉重了。她说，那种片我根本笑不出来！"所以你这人有问题。"对话总在这样的推论里卡住。

餐车来了。空姐蹲低了身子问她："小姐，您要吃鸡肉面还是猪肉饭？”她想了一下：“鸡肉面。”“先生呢？”“猪肉饭。”“好的。”

“伯伯，您要吃鸡肉面还是猪肉饭？”

“什么东西？”

“您要吃鸡肉面还是猪肉饭？”

“啊？”

“要吃鸡肉还是猪肉？”

“什么肉？”

“鸡肉还是猪肉？”她、中年男子和空姐齐声说道。

“喔，我要吃鸭肉。”

他俩看了空姐一眼，又相互对看，纷纷笑得趴倒在面前的餐板上。她在狂笑中看着他侧躺着的脸，猛地想起：“啊，椒麻鸡！”

“什么？”中年男子坐起来，以为她闹开了，笑着回应她：“我还东坡肉！”

不是的，她想起来为什么觉得他面熟了。关键字就是椒麻鸡。

那年她在泰式餐厅打工，做外场。有个夜晚，走进一个背个大包包的男人，引他坐定后，她才看清楚，包包里露出一个狗头来，是只漂亮的红贵宾。他把狗头按进去，狗头又冒出来，如此三次，弹簧玩具似的关不住。她看着好笑，对他说："只要它不乱叫，没关系啦。"他吐了口气说："我已经被四家餐厅拒绝了。""好可怜噢！"她对着狗说。

那晚客人很多，她在忙乱中上错了菜，某桌客人阻止她放下手里那盘椒麻鸡："不是我们的。"又补了一句："但是我们的蒜泥白肉还没来！"弄错了吗？她拿起账单检视，向隔壁桌张望，啊，送反了，这是那个带狗的男人点的。

她向男人道歉："这是你的椒麻鸡。"男人看了看她，仿佛从别的世界转悠过来，弄懂了她的意思，指着面前的蒜泥白肉："噢，难怪好像哪里不对。"哪里不对而已？椒麻鸡跟蒜泥白肉也差太多了吧？他尴尬地说："可是这盘已经动了。"

"没关系，这盘请你吃，是我弄错的。"她微笑着看了男人一眼。那男人的脸，非常哀伤，又恍恍惚惚，难怪连椒麻鸡跟蒜泥白肉都分不出来。

就是他，现在笑倒在餐板上的中年男人。他们都老了七八岁，她已大学毕业，工作了几年，正要去阿姆斯特丹看刚生完小孩的姐姐。她把那晚的情境仔仔细细描绘给他听，"对吧？那个人就是你吧？连椒麻鸡跟蒜泥白肉都分不出来的人？"

他吃惊地收住笑意，眯起眼睛，从脑海中翻检卷宗一般，缓慢地点头。“对，那是我，带着一只小狗，被好几家餐厅拒绝之后，终于能好好坐下来的那一晚。”

“那一天发生了什么事？你的表情好像很悲伤，又好像神不守舍。”

“那一天，我们把父亲火化了。我不想一个人待在家里，出门的时候，看到我爸的狗，很寂寞的眼神，就把它带了出来。”

“噢！”她抱歉地叹口气，“真不好意思……”

“不会，其实我爸已经病了一段时间，我们都有心理准备。”

她指了指面前的荧幕，一边打开餐盒，一边说道：“我正在看的电影，就在讲老、病的问题，很害怕将来自己要独自面对这个问题。”

“你是独生女？”

“姐妹俩，可是姐姐嫁给老外，妈妈很早就过世了，就我跟我爸，可以想象将来就我一个人面对这个问题。”

“你害怕的是独自照顾父亲，还是面对他会离开这件事？”

她复述了一遍他的句子：“害怕的是独自照顾父亲，还是面对他会离开这件事？”想了想：“应该是后面这个。你当年，有守在你爸爸身边吗？”

“有啊，其实真的不需要害怕。”他帮旁边的老先生递过空姐送来的热茶，看了老先生一眼，老先生只是耳背，手脚都还灵活。然后，他对她描述了父亲离开的那一夜。

那晚他和三个姐姐围在父亲身边，癌症晚期的父亲，已走到最后了，他仍在呼吸，但每一口气息，都要花费很大的力气。爸爸在努力，因为他们的大哥正从台中赶夜车过来。他在父亲的耳边轻轻地说：“加油，大哥马上就到了，马上就到了！”他们像鼓励一个刚学会走路的小宝宝，赞美父亲每一次成功地吸上一口气。但父亲的力气就要用尽了，那一口气愈来愈难。

看护忍不住焦急起来，问他：“你大哥是坐什么车来？”那年高铁尚未开通，他说：“应该是国光号还是中兴号之类吧。”他也搞不清楚，他自己是开车的。看护说：“哎呀，应该坐野鸡车，野鸡车开得比较快！”那当下，他和姐姐们竟对这句话轻轻笑出声来，他们的大哥是个一丝不苟的人，不会搭野鸡车。他微感罪恶地转头对着爸爸：“努力，爸，再努力，吸气！”

“结果你大哥有赶上吗？”

他的表情像是忽见天空上的彩虹，轻轻说道："赶上了！我爸真的很棒，他一直努力呼吸到我大哥赶来，才慢慢松了气，走得很安详，但是眼角还是流出了眼泪，我记得好清楚。"

她听得眼眶湿了。

"喂，是我爸耶！"

空姐收走餐盘后，她为自己盖上毯子，想睡了。他也调整了枕头。那一刻，她有点想枕在他的肩头。她小声说："谢谢你，告诉我你父亲临终的事，对我真的很受用。但如果是我姐赶飞机，就没那么快了。"他微微一笑："睡吧！"

临下飞机前，他俩交换了名片。她看了名字，不确定地对他读出名片上的名字，他点点头："我就是。"那是一个作家的名字，知名的作家。她的心中有些怅惘，又仿佛豁然明了。

她说："我会……去买你的书。"他投给她温暖的微笑。那是她这辈子见过最迷人的笑容。

微 盐 小 食

# 椒麻鸡

泰式餐厅里的招牌菜，一点都不难。

◎材料：

鸡腿肉两片（约四百克）、高丽菜四分之一棵、香菜少许、蒜两瓣、辣椒一个、酱油四大匙、柠檬汁三大匙、细砂糖两茶匙、花椒粉一茶匙。

◎做法：

1. 鸡腿肉用酱油两大匙、米酒一大匙（材料外）腌三十分钟。

2. 高丽菜切丝，摆盘备用。

3. 柠檬挤汁，香菜、蒜瓣、辣椒切末。

4. 腌好的鸡腿肉放进电锅，外锅半杯水蒸煮，开关跳起后取出沥干，放凉备用。

5. 将香菜、蒜瓣、辣椒末与酱油、柠檬汁、细砂糖调匀。

6. 热一锅油，烧热后，将鸡腿肉以大火炸至表面酥脆，取出吸去油脂，切片放在高丽菜丝上。

7. 浇上调好的酱汁，再撒上花椒粉即成。

# 转换人生滋味

▶ 微糖年代

# 微糖年代

宇文正○著

陕西新华出版传媒集团
太白文艺出版社

# 目录

# 行过沙滩的蝴蝶

微糖年代

他和妻携手走在沙滩上。妻穿着白色帆布鞋，稳定的步子踩在细软的沙上，几乎不溅起沙粒。他停下脚步，眯眼眺望大海。妻的目光落在远方一艘隐约可见的船上，魂就像被那船带走了似的。

他不知道妻想起了什么，就像妻也不知道他心中的那道裂痕。那裂痕久经浪涛冲刷，已经变得平滑不再割人了。

女孩甜蜜的笑容在人群里如恒星一般，引得周围的行星各成轨道环绕其运行。他就像远方的冥王星一样，默默遥望。一群青年男女出游，那是他第二次见到女孩。他真的想留在宿舍搞通那一节量子力学，一听见参加者有她，初见时的笑容便一直萦绕在脑海，复印在书的每一页上，他合上书本，下定决心，去吧！

她穿着淡黄色洋装，腰身背后系一个蝴蝶结，即使抿着嘴，明眸依然漾着笑意，那样的眼睛盯着他：“嗨，你也来了。”

他们时而走近，时而走远，像海浪来了又去。别的男孩子忙着帮女生拍照，他没有相机，便退得老远。

临时被指派的康乐股长拿广告纸卷成喇叭，四处叮咛集合了，准备吃海产去啰。她落在人群后头，四下不知寻着什么，脚一跛一跛的。

“找什么？”

“鞋带，有一条鞋带不知道什么时候不见了。”

“怎么会穿鞋子穿到鞋带不见了都不知道？”

“刚刚脱了鞋子在沙滩上跑啊……”话说一半，她咬住嘴唇，一脸我干吗要跟你交代的表情。他低头端详，那是一双从中间系带的凉鞋，没了鞋带，鞋面散开，还真是没法走路。这样搜寻，简直是大海捞针，鞋带或许早就被冲进海里了。

“别找鞋带了。”他捡起一个透明塑胶袋，用海水洗净，再把塑胶袋搓成一长条，走到她面前单膝跪在沙滩上，带子穿过两个鞋带孔，系成一只透明的小蝴蝶。他手巧，小时候还帮母亲做过一些手艺代工，没人看得出是男孩子的手笔。

女孩看呆了：“好漂亮！”眼里波光闪闪，看似激动，忽然嘴一抿：“哎，你这个姿势，像在求婚耶。”说完两人都诧异。没等他回嘴，女孩抽出另一条鞋带抛向大海。

他傻眼了：“你干吗？”

“右脚漂亮，左脚也要。”

骄纵的女生啊！等他四处找来第二个透明塑胶袋，给她绑好蝴蝶结，人群早已走远。两人奔跑起来，沙滩上难跑，他伸出手牵着女孩，她的手柔软而凉。

妻传递密码似的，轻轻按了一下他的手心，仿佛说着：

啊，我知道，你忆起了生命里的一段时光，一如我，记起某年的岁月。我们都不必说出来。然后，向前走吧。

啃啮时间的果核，抛向海，浪如花落。

一只寄居蟹，顶着不成比例的大圆壳，以不可思议的轻盈步伐横过沙滩。

微 糖 小 点

## 夏日乳酪杯

一甜一酸搭配！

# 夏日乳酪杯

◎材料：

原味优格一杯、玉米片少许、红色火龙果四分之一个、百香果一个、梅子粉少许。

◎做法：

1. 火龙果切丁。

2. 百香果切开，挖出果粒，撒上梅子粉拌匀。

3. 选一个容器（透明水杯或水晶碗），依次铺上一层玉米片、一层优格、一层火龙果丁、一层优格，最后铺上百香果丁。

◎注：

水果可依季节搭配，如蓝莓配奇异果，草莓配凤梨，原则上一甜一酸，一如初恋的滋味。

# 那日阳光穿透你

微糖年代

她坚信自己的素颜很美，不然，不会在那个早晨令他张口结舌，惊艳若此。

那天早上，他按门铃按了许久，室友睡死了，她迫不得已爬起来开门，是一张陌生脸孔。门口那人雷殛般动也不动，良久，缓过气来，问她某某在吗？找她室友的。室友是学生会干部，负责照料这届新生。

她打着哈欠：“我们都还在睡耶！”提醒他太早来敲门，打扰了她们。

室友从她身后探出脸来：“怎么了？”她转身回房，倒头再睡。

几乎不记得有这事了。后来，他总借口找她室友问问题，跑来她们家按门铃。室友知趣，办些活动把她拖去。后来，他几乎每晚来报到。她一度以为他要追的是室友，他一来，她不知道该不该回避。

交往后，她始终埋怨两人的邂逅毫不浪漫，相亲似的被室友凑成一对。初识的记忆都是夹着室友的身影，他去早市买花来，也是室友跟她两人一人一束，到底是因为谁才不好意思顺便送的呢？她闹起性子，问他起先究竟想追的是谁。

他笑了，问她记不记得第一次见面的场景。

他描述那个早晨，阳光从连着客厅的小厨房窗口射进

来，穿透她的长发，熠熠闪闪。她隐约记起来了，她怒气冲冲，披头散发爬下床。“然后你就决定要追我？”她惊讶道。

他点头。

不会吧？她想，我那时候跟贞子应该没两样吧？啊，连最后抛给他那个恶狠狠的眼神也被唤起。没被我吓跑？我起床的模样这么美？“当然我是天生丽质啦，可是，我记得我那天脸色应该很难看吧？我最恨星期天一大早被别人叫起来……”

他坦白其实不记得她的表情。是了，他那天对她，简直……敬畏若神。

“我美到你不敢直视？”

他的嘴唇附上她的耳畔，吹气般轻轻地说：“那天，阳光下，你的睡衣很透明……”

微 糖 小 点

## 阳光焗烤软法

◎材料：

软式法国面包（也可用其他面包代替，但以软法效果最佳）数片、香蒜酱、番茄干三或四个、起士丝。

◎做法：

1. 烤箱二百四十摄氏度预热。

2. 番茄干剁碎。

3. 香蒜酱均匀涂抹面包，撒上碎番茄干，撒满起士丝，进烤箱烤约十二分钟，至表面金黄取出。

她也许真的是天才！

微糖年代

结婚都几年了，老婆只会煮泡面啊。

“我做了奶酪噢，你吃吃看……”

“现在的泡面，还有奶酪口味的吗？”

啊，餐桌上真的有好几碟长得像奶酪的东西，上面还摆了一颗小果子。“那是什么？”

“土包子，蓝莓呀！我特别去微风超市买的加州奥勒冈空运蓝莓。”在老婆逼视下，他拿起小汤匙（真的不会拉肚子吗）……

说起来，他从来不曾奢望老婆做这些东西。不！最好不要！他怕她把厨房给烧了。从他们认识的那一天起，就没有过过一天“安稳”的日子！

他们是在学校餐厅认识的。那是个蝉声充耳的盛夏，那天自助餐厅供应免费的绿豆汤，他去舀了碗祛暑退火的绿豆汤，摆着放凉，先吃饭。吃着吃着，坐他右边的女生伸手拿过他的绿豆汤喝了起来。他诧异地扭头看她，她喝得不疾不徐，他索性等她喝完了，问她：“要再来一碗吗？”

“我自己会舀。”

“可是这碗就是我舀的啊。”

“你舀的？”

废话！他没说出口。她含含糊糊说不好意思、抱歉、对

不起……大概把每种歉意常用语都讲了一遍。他索性起身再去舀了两碗，回来时那女生已经走了，可是把她的洋伞留在那里了。

自助餐厅闹哄哄的，他拿起她的洋伞想交给老板……老板是谁？算了，先带走，再想办法找她，在校园里总有机会碰到吧。

低头看那把洋伞，是把粉红色小碎花的可爱折伞，跟她昏头昏脑的模样真不搭。不过，这伞胡乱收拢、带子拦腰一扣，是甜筒冰激凌吗？看来真的是她的伞没错。他把伞打开，抖两下，重新收拢，折叠整齐，扣好放进自己的大书包里。

就这样，这把伞在他书包里带来带去带了五个月。他上自助餐厅时会特别张望一下，看有没有她的身影，可是……她到底长什么样子？好像是长头发、鬈鬈的，好像有戴眼镜，好像……好像是不难看啦。可是再见到，真的认得出来吗？

校园餐厅始终遇不上她。这一晚，搭公车回学校，到站时，坐他斜前排一个女生站起来往前走，他眼睁睁看着一卷长条状东西从她膝上掉下来往前滚。他去捡起来，下车一路跟着她，心算要走多少步这女生才会想起自己忘在车上的东西。

一、二、三、四、五、六、七……三百七十四，她停下脚步，

猛一回头，手在提袋里摸索。他本能地以手遮眼，怕她弄出什么喷雾喷他的眼睛，还好没有。她盯着他的脸看，视线移至他手上那卷东西：“你为什么拿我的美术纸？”

“同学，是你掉在车上，我帮你捡起来的耶！”等等，他看清楚了这个戴眼镜的女生，是同一个女生吗？他从书包里拿出粉红色碎花折伞……

“那时候我真的觉得你是个变态耶！”

这个“变态”开始在她身边捡东西，眼镜、手机、车票、笔记、面包、香蕉……只要从她身上或书包里分离出来的东西，都可能在朝向下一个行程移动时遗留下来。他不声不响地捡起，等待她寻找，而有时他真的没有捡到，因为在她翻找时，那些东西明明安安好好地待在她的脸上、身上、包包里。

他开始了帮她舀绿豆汤的日子。她的食量令他惊讶，陪她吃饭像看喂食秀，去夜市可以从第一摊一路吃到底。那么瘦、那么扁的肚子怎么装得下那么多东西？平日同样点一份套餐，他有时留下一些不喜欢吃的配菜，她却一定吃得干干净净。他很少见过女孩子能把饭吃光的。

她说：“习惯了。从小我妈就说，饭吃不干净会嫁个麻子。”说完审视了一下他的脸，他脸上有不少痣，但还不到麻子的地步。“我妹也有这种好习惯，被我妈训练的。我表

蝉声充耳的盛夏，适合品尝漂漂亮亮的甜点，
她把她的美术天分都发挥在甜点上头了……

哥来我家就说，都像你们这样吃东西，那猪要吃什么？”边说着，边把盘里的菜拨进汤匙里。他说：“喂，不要跟猪抢食物……”

每当两人点了不一样的套餐，她总觉得他点的比较好吃，“分我一点。”

“自己拿呀。”

她笑吟吟地伸筷子：“就是喜欢跟猪抢食物！”

婚后才是恐怖片的开始。有次回家后，发现一路汪洋，水从浴室漫过卧房地板来到客厅。她说出门前忽然停水，广播说社区马达坏了，可能水龙头是那时忘了关的吧。

至于做菜，连炒空心菜都能烧焦，于是他教她，炒青菜要加水。“炒菜不是应该放油吗？谁会知道炒菜还要加水？”他想着：谁不知道？

但她不是毫无优点，她从不大惊小怪，不像许多女孩子那样一点小事就惊声尖叫。比方看见家里出现大蜘蛛，她只是压低声音对他说：“有蜘蛛，还蛮大只的。”他还来不及动手，她已经出手了！那蜘蛛逃得飞快，想是怕被上面倒下的水晶花瓶给砸死。

他带她回老家给阿嬷看，阿嬷打量了她一番，忧心忡忡地问他：“啊，不知道有骨力（勤劳）否？”他点头如捣蒜，

有骨力、有骨力，骨力得吓死人哩！

啊，阿嬷。一手带他长大的阿嬷两个月前腿摔断了，近日大伯一家出国去，他回后里把阿嬷接上来照顾。老婆倒是不慌不忙，一听见阿嬷要来住，不知去哪里学了煮十分软糯的南瓜稀饭，让阿嬷吃得心满意足。

她说：“我做了奶酪，你吃吃看。昨天阿嬷说想要吃甜的。”

“真的能吃吗？”他诚惶诚恐。

“超好吃的，有蓝莓口味，还有柳橙口味。阿嬷说我是天才，不信你去问阿嬷！”

她把她的美术天分发挥在甜点上头了。蓝莓口味的上头放颗小果子，柳橙口味的一旁点缀两瓣小橘子，漂漂亮亮送到阿嬷面前。阿嬷说：“你做的那个什么酪，软绵绵，真好吃。”

他老妈、伯母、婶婶没有人摆得平的阿嬷，她居然两三下就搞定。她也许真的是天才呢！

微糖小点

## 水果奶酪

拌果酱、新鲜水果一起食用。

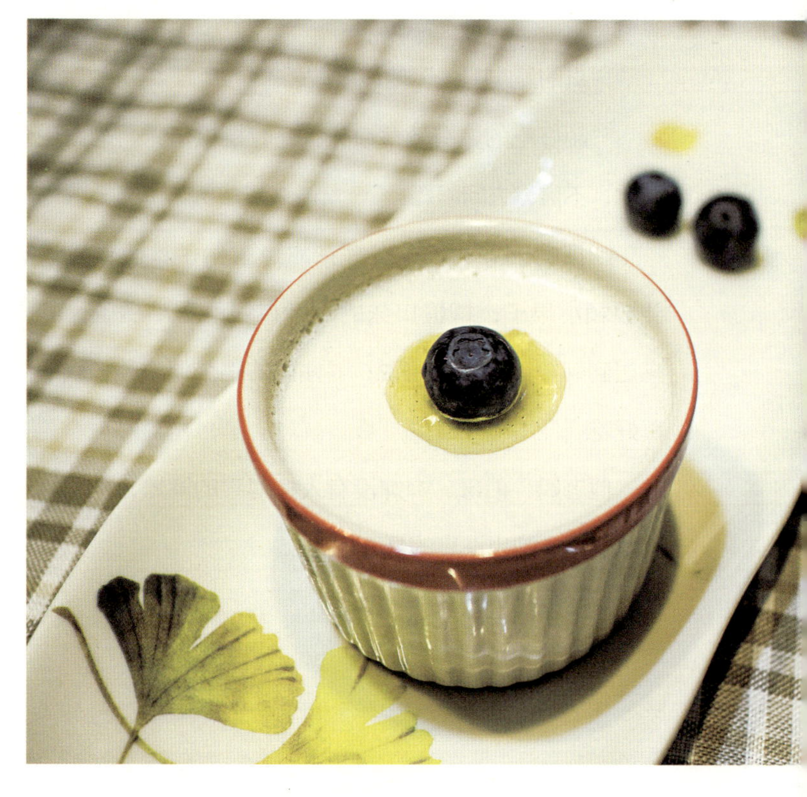

◎材料：

鲜奶二百毫升、鲜奶油一百毫升、吉利丁粉六克、糖十五克、香草荚半根、果酱适量、蓝莓（或其他水果）适量。

◎做法：

1. 鲜奶、鲜奶油、糖、香草荚（纵向切开），全部放到牛奶锅里，以小火加热至微微起泡后转最小火。

2. 将吉利丁粉倒入十五毫升的凉开水中混合均匀，静置五分钟，等待吉利丁粉完全吸水膨胀。以隔水加热的方式，将吉利丁粉完全溶化呈透明状。

3. 将溶化后的吉利丁粉加入牛奶锅中拌匀，关火。这个时候可加少许果酱拌匀，即成水果口味奶酪，如果喜欢鲜奶色泽，果酱在吃的时候拌进来即可。

4. 取细滤网过滤后，分装到小杯子或小牛奶瓶中，冷藏两小时凝固即成。

微糖年代

# 自作自受的幸福

微糖年代

她本该遇见的并不是高中教师陈小毛，而是一个“科技新贵”，一切都是她自作自受。

那天，她去参加燕子的婚礼。燕子老公是科技业，燕子让老公把她介绍给还没有女朋友的同事何君，安排他们比邻而坐。她觉得别扭，想远远观看就好，自行去坐了别桌。她想，要是看得顺眼，再请燕子介绍不迟啊。一恍神，她也忘了何君应该是坐哪一桌。她是重度方向盲，有时在餐厅里，去上个洗手间回来就会找不到座位。一眼望去，男的不少，可是何君到底长什么样子？

结果她旁边坐了一个聒噪的男人，她真的后悔死了。这个男的是燕子的大学同学，在高中教地理，大概把她当学生了，她寒暄时提起今早的地震，他便开始解释台湾的地质，什么金山断层、车笼埔断层、竹东断层，听得她头昏脑涨。她想，他们的话题真的有很大的断层。

新人出场时，远远看见燕子好像踩到礼服裙裾差点仆倒，坐在她旁边的男人便开始坐立不安，说：“我应该跟在燕子后面……”她以为这人这么关心燕子，该不是暗恋新娘？“她根本不会穿高跟鞋，这一小段路她绝对可以走得东倒西歪。我应该跟在后面录影，然后把影片投给 Home Video（家庭电影），搞不好还可以拿奖金……”他一边说着，一边把面

前的小菜全部吃光了。

燕子中间来敬酒的时候，吃了一惊：“你不是应该跟何先生坐吗？怎么跑到陈小毛旁边来？”

她好奇道：“他为什么叫作‘陈小毛’？”

燕子哈哈大笑，一点新娘的气质都没有。燕子说：“因为他很小气啊！小气得一毛不拔，叫一毛不好听，就叫他陈小毛。”到底有多小气呢？燕子说，他什么都小气，最扯的是，有一次他室友打到一只蟑螂，抓去冲马桶，他奔过去阻止，还没来得及，室友已经冲掉了！他直说：“可惜！好可惜！”大家问他有什么可惜的，他说在他们家打到蟑螂不准丢，要抓去喂他爸养的那条红龙。从那以后，大家就叫他陈小毛了。

燕子说得眉飞色舞，她听得整张脸皱成一团：“恶心死了！”然后，陈小毛开始跟她讲红龙这种古代鱼，属于骨舌鱼科，早在三亿四千五百万年前就存在冈瓦纳古陆水域之中……新郎新娘到别桌去了，她还在学习古代鱼的历史。

终于上甜点了，刚出蒸笼的桂圆紫米芋头糕端上来，陈小毛先给她挖了一块，再给自己挖了一块，然后一大口送进嘴里，他忽然就哑了！她转头看陈小毛，陈小毛的嘴一张一合如一尾古代鱼，半天终于口齿不清地吐出两个字：“好烫——”

她笑着说：“你被李鸿章摆了一道！”

“啊？”他一好奇又能说话了，“我怎么被李鸿章摆一道？”

呵呵，也有你不知道的。“李鸿章有一次出席洋人宴会，上来一道冒烟的‘小菜’，他拿起汤匙，用嘴唇稍微吹一下，引起洋人大笑，原来那是冰激凌。下次李鸿章回请那批洋人，故意让厨子做八宝芋泥来整他们。芋泥紧实，刚蒸熟的芋泥热气出不来，洋人毫无警觉，拿起汤匙往口里一送……就是你现在的下场啦！”她笑吟吟说着，陈小毛竟看她看痴了。

后来新郎新娘送客，见到陈小毛嘴唇红肿起来，新娘狐疑地盯着他俩：“你们两个干了什么好事？”这就是她和陈小毛相识的故事。过了不久，她就去陈小毛家看那条吃蟑螂的红龙了。

陈小毛真的小气。但他们的结婚典礼一切从简，完全符合她的心意，她最讨厌时下叫宾客反复看新郎新娘成长过程影带的婚礼；婚戒上的钻石要用放大镜才能发现，她无所谓，她根本不爱戴戒指；蜜月到台东，她也算了，反正作为一个台湾人，从来没有好好看过台湾的风景。

然而新婚便跟陈小毛大吵一架，原因是陈小毛每天晚上都买两个便当回家，叫她吃便当过日子。“每天吃同一家

便当，你是养猪吗？”陈小毛不解：“我可以买不同家的便当啊。”

“不上餐厅吃没关系，我可以练习煮饭啊。”

陈小毛说，“便当”是台湾最经济实惠的民生物质，自己煮其实花费更大，浪费时间，还浪费瓦斯；如果真要煮，就用电锅煮。

这下她火大了：“我自己去买菜！爱用什么煮就用什么煮！”

日子慢慢过下来，她发现陈小毛小气又啰唆，但其实只是嘴贱而已，她高兴怎么做就怎么做，陈小毛压根儿没脾气。生了儿子之后，他就完全是儿子的大玩偶了。

儿子两岁半那年，她得到机会可以去美国东部一所名校进修硕士，公司给她留职还给半薪。她只是回家说说，知道陈小毛不会同意，但让他知道一下自己的牺牲也不错啊。没想到陈小毛说：“这么划算的事，你当然要去啊。”

“现在出国念书很贵耶，薪水又只剩一半。”

“开玩笑，老公不养你谁养你。”

“那宝宝怎么办？”

“我带啊，他也快要进幼幼班了。”

就这样，她匆匆飞到美国，陈小毛在台北教书、带孩子。

每晚视频，两岁多的孩子，身体、语言能力飞快成长，天天有新学会的小把戏秀给她看。她常常看着儿子就在电脑前哭了起来。

“哭什么，马上放寒假了，我们就去看你。”

农历年前，陈小毛带着宝宝来到美国。

“他飞机上有哭闹吗？”

“没有。”陈小毛露出诡异的表情。他推推宝宝：“赶快，变魔术给妈妈看！”陈小毛上学期跑去社团跟学生学魔术，一路上就靠这套让宝宝安安静静。

夜深人静，宝宝睡了，陈小毛在灯下捧着报纸。这画面让她好感动，心中决定一定要拼命，要在一年之内拿到学位。陈小毛真的辛苦了。本来连她爸都有点反对，觉得陈小毛配不上她的，现在也没话说了。不过，陈小毛拿着剪刀到底在忙什么呀？他英文那么烂，才不相信他在做剪报。

“哎，你干什么啊？”

“我剪coupons（优惠券），这里的速食套餐超便宜的。”

陈小毛计划好了，下星期不要煮饭，一、三、五吃麦当劳，二、四、六吃Burger King（汉堡王）！

微 糖 小 点

## 桂圆紫米芋头糕

小心烫！

◎**材料：**

紫米糕：紫米两杯、砂糖九十克、沙拉油三十五毫升、桂圆肉四十五克、高粱酒（或米酒）少许。

芋泥：芋头三百克、椰浆二十毫升、砂糖五十克、沙拉油二十毫升、面粉二十克。

◎**做法：**

1. 紫米（即黑糯米）泡水六个小时以上（可以泡隔夜）。

2. 芋头切块（勿加水），用电锅外锅加一杯水蒸软后捣碎，加入其他做芋泥的材料拌匀，放回电锅，再用半杯水（外锅）蒸到熟烂。有的芋头不易烂，可再蒸到软烂成泥为止。

3. 泡过的紫米洗净，加一杯半的水（内锅）进电锅，外锅加一杯水，煮熟。

4. 桂圆肉泡水十五分钟后洗净沥干（勿泡过久，保持桂圆浓郁的甜香）。

5. 紫米蒸熟后，趁热与做紫米糕的其他材料搅拌均匀。

6. 取一个大盘子，先把一半的紫米糕铺底下（约一厘米高），第二层均匀铺上芋头糕，最后再铺上剩余的紫米糕，每层均约一厘米高。

7. 切成小块即可食用，也可把每一小块捏成团分装。吃不完的可先冰起来，下回食用只要再蒸一下即可。

# 熊一样的男人

微糖年代

连女儿都会问她：“妈妈，你怎么会嫁给爸爸？”他们两人的外形差异实在是太醒目，像小白花一样的她，嫁给熊一样的男人，这在当年那群留学生里是令人扼腕叹息的事。她总是回答：“没办法呀，心太软了。”

大熊实在太喜欢她了，从第一次见到她，便下定决心全力以赴。他用的是笨办法，每天上门问候请安。有一天，她室友出去庆生夜归，屋里漆黑，以为她不在。这太不寻常了，她可是作息规律，从不外宿的乖乖女。室友开锁进屋，见她蹑手蹑脚从房间里探出头问：“大熊走了没？”

大熊是室友给他取的绰号，不必解释，所有人一听名号便能领会所指何人。不只外形，他念机械，其时电脑前景正好，工科男孩无论在大学时念的是什么系，来到美国不是转攻电机就是改念资科、资工，他仍选择笨笨的机械，深信那永远是一切工程的基础。

“大熊？没见到。”

“刚刚在门口站了好久。”

“那你叫他回去就好啦，躲房里干吗？”

“刚刚我不能出来应门，只好假装不在。”

“为什么不能出来应门？”

“刚刚我正在敷脸。”

大熊的背真的很温暖，在雪地里她的脸红成一朵娇艳的蜡梅。

室友笑到几乎跌倒："那你更应该出来，把他吓一次，以后就不会再来啦！"

大熊还是会再来，有时她正在切水果，有时烤了蛋糕，不好意思，只好分他一块。室友偷笑："他到底是来追你，还是来要东西吃的？"

整整过了一学期，追她的人很多，但人人都知道还有个大熊每天会去报到。有一回同时四个男生跑来，一起在她们家小客厅里看《洛城法网》，竟自在地聊起天来，还动手在她们家厨房煮夜宵。大熊露了一手，做了炒面茶。麻油小火翻炒低筋面粉，炒到如一片金色沙滩，撒入糖继续拌炒。男生们拥上来："妈的，可以开店了！"大熊乐得肥脑袋整个汗津津的。

两个女生看傻了，室友轻叹："现在这是什么情形呀？"

寒假来临，大伙相约去优胜美地，开了五辆车，浩浩荡荡。优胜美地昨夜大雪，晶莹如童话世界。她却出了状况，对雪地毫无概念的她没穿靴子，穿了双普通的休闲皮鞋，虽然穿了厚袜，仍挡不住寒气，两只脚冻成了冰棒，再也无法动弹。不是她公主病，这一点她至今仍不忘对女儿重申，是冻僵了，再走脚真的会断！

"将来你如果去雪地，一定要穿保暖靴，知道吗？"女

儿不知道妈妈为什么老强调靴子的事。

那天，她用快哭出来的声音说真的没办法走路了，众人进退失据。大熊走过来，二话不说弯下身："上来，我背你。"她默默攀上大熊的背，让他背了。其实那时她连四十公斤都不到，大熊觉得跟背个小孩子没两样。众人一阵愕然，倒也很快就接受这个新情势了。大熊的背真的很温暖，在雪地里她的脸红成一朵娇艳的蜡梅。

女儿怎么听都觉得："那是爸爸心太软吧，哪是你！"

后记：如果你问我，他们的女儿像谁呢？因为这是一个喜剧，我一定要回答你：像妈妈。

微糖小点

## 心太软

冬至做一道心太软，是升级版的汤圆喔！

◎**材料**：

大红枣二十个。

糯米团：糯米粉五十克、清水二十五毫升。

甜汁：冰糖八十克、清水二百五十毫升、桂花酱一大匙（甜度可依喜好调整）。

◎**做法**：

1. 干红枣泡水半小时，用剪刀剪开一条缝，用小刀把核挖出。
2. 糯米粉与清水混合后揉成团。
3. 糯米团搓成细长条塞入红枣内，摆放小锅内。
4. 电锅先放一杯水，按下开关，冒出蒸气后，放入摆好的红枣蒸八分钟。取出，稍微放凉，让红枣内的糯米团定型。
5. 甜汁煮沸，放入蒸好的红枣，小火熬煮十五分钟让糯米团吮饱甜汁即成。

微糖年代

# 他说的，关于爱

微糖年代

许多年后，当安先生面对裹着毛毯，两眼盯着荧幕，看都不看他一眼的老婆时，他便会想起哥们儿阿赣带他去找冰棒的那个遥远的下午。

他跟阿赣是在篮球场上认识的。大学联考前半年，念烦时，两人就到篮球场上找人斗牛。长手长脚的阿赣老盖他火锅，他便开始猛练后仰跳投。他个子虽不高，弹性却奇佳，能精算跳投的角度，因为数学是他的强项。后来阿赣考进中山企管，他上了成大前景正好的环工。

某个春假，阿赣上台南找他，说要去吃小时候在盐山吃过的咸冰棒。两人骑着摩托车，跑到七股盐山寻找著名的咸冰棒。他吃完一支杏仁咸冰棒，又吃一支核桃仁蛋黄的，味道真的很不错。两人望着滑雪场一般的盐山，舔着冰棒，他说愚公移山如果移的是盐山，许多人应该都会来帮忙挑担吧。

他们走回停车的廊下，一个高中女生坐在摩托车上哭泣。如果不是她看起来还是个少女，那种哭法简直就像个被遗弃的女人。她没有出声，但泪水滂沱，涌出一阵稍停歇一下，又止不住地涌出来。

两个男生互望一眼，阿赣耸耸肩。安没有妹妹，不知道怎么样安慰女孩子，硬着头皮上前：“你怎么了？”

“我的狗狗死掉了。”

“真可怜。它几岁？”

“它比我还大，十六岁了。我一出生家里就有它了。”

噢，这个女生还不到十六岁，不过十六岁的狗，也算寿终正寝了吧。他尝试说一点安慰的话：“不要难过，它能陪你长大，也很幸运了。我小时候家里养过一只黄金鼠，才养两年就死掉了……”

少女和阿赣都很惊讶地看着他。阿赣讲话了：“你干吗拿老鼠跟狗比？”

“都是宠物啊。”

“但你就不能在老鼠脖子上系根绳子，带它出去遛啊！”

“你要系也可以啦！”他说，“动物有它们自己的生存周期，这是没办法的事，但是你爱过它，它一定会更爱你。只要爱过，你就比别人心里面多一点什么。”这些话，是从室友的话语转换而来的，不过室友说的是信仰。

少女睁着水汪汪的大眼睛望着他，泪水又泉水般涌出来。良久，很坚强地抿一抿嘴：“我没事啦，你们不用管我。”他俩原地不动。少女不耐烦了：“我不哭了，真的不用管我。”

“不是啦，”他说，“这是我的机车。”

说罢，少女便走开了，他也没那么无聊到去追求一个未成年的小女生。其实他们只差五岁，然而那当下，一个大三

男生跟一个高一女孩，天地迥远。重逢已是多年后。

将近十年后，在 KTV 阿赣先遇见那女孩，两个人被各自的好朋友拉去，大概有意介绍他们认识吧。阿赣不敢领教，那女孩伶牙俐齿的。阿赣一唱歌，她就笑。阿赣喃喃自语：“每次唱歌都有人说我会走音，我一点都不觉得啊。”女孩随口搭腔：“所以才叫作音盲啊。”众人笑翻了。

他看着女孩，忽然有种似曾相识的感觉，一问之下得知她是台南人。大家瞎起哄，说娶台南新娘最好了！阿赣仔细看她，头发留长了，眉眼还是少女模样。他当场就给安打电话：“你知道我遇到谁？”

“谁？”

“她家狗死掉的那个女的。”

“谁的狗死掉？”安一头雾水，这阿赣没头没脑在说什么。

“盐山啊，我们去吃咸冰棒，你还愚公移山啊。”

到底在讲什么乱七八糟的？安还是过去了，一进包间见到那女生，他就呆住了。

这些年不是没想过那双眼睛，他从没见过世上有人泪腺如此发达，能瞬间涌出那么多的泪水，当年如果读医，一定会想研究这个案例吧。对这少女的记忆无关美或不美，是那种澎湃的情感很打动他。他会在解开某道数学程式，或在鸟

园里与一只猫头鹰四目相对，或听着莫扎特长笛四重奏婉转乐音的神秘时刻，忽而想起那一双眼睛。记忆里的双眼永远充盈着泪光。

现在，坐在角落里拿着麦克风，双眼盯着荧幕，认真唱着杨乃文的《女爵》的女生，转过头来对他笑了一下，唱出最后两个字："滋味——"还吐一下舌头。她的脸仍然稚气，但是眼神变得坚定了。她还会像当年那样哭泣吗？

阿赣搭着他的肩，问女孩："哎，还记得我们两个吗？你的狗狗死掉的那年？"

女孩吃惊地捂住嘴，来回看着他们两个人，慢慢点头，然后看着安说："我记得你说过的话。"

"我说过什么？"

她脸红了。

他说的关于"爱"。两年前，她决心跟男友分手，把心撕开的痛楚中，她想起多年前失去狗狗，自己胡乱搭公车，下车后没有目的地到处乱走，坐在一台机车上哭泣，有个大哥哥对她说："只要爱过，你就比别人心里面多一点什么。"

那究竟是什么呢？如今她从悲痛中慢慢复原，察觉自己并没有恨意，仍然感谢前男友给过她的爱，给过她浪涛般的激情。爱情的浓度，被他一再的出轨稀释又稀释，她还

是愿意记得，他们曾经拥有过原汁原味的爱，分手后才不至于让所有的情意荡然无存。那“多一点的什么”，是对心的信任吗？

大哥哥来到她的眼前，她的双眼忽然溢满泪水。

婚后，安为她做的第一件事情，就是陪她去领养一只狗，一只白色米克斯中型犬。领养时狗狗已经两岁多了，虽然流浪过，但眼神里仍充溢着对主人的爱意。它把女主人当作情人，把安当作仆役。

夜晚，一人一狗窝在沙发上看韩剧。安拿着拖把，从厨房一路拖到她脚下，害她还得把腿蜷起来放在沙发上。狗狗低吼一声，接着汪汪吠叫起来，但不是因为拖地的安挡住了它的视线，是听见了烤箱计时器“叮”的一声。啊，他今天烤了杯子蛋糕，用韩国柚子酱做的，不添加奶油的健康杯子蛋糕，给心爱的老婆配韩剧的小点心。

安上哪儿学的？食谱都有啊，开玩笑，他是一个数字精准的工程师，只要有配方，有材料，有一个精确的秤，没有他做不到的事。

微 糖 小 点

## 柚香杯子蛋糕

吃了不发胖的低糖蛋糕。

**◎材料：**

蛋白六个（约二百克）、白砂糖九十克、盐一点五克、柚子酱四十克、塔塔粉一点五克（或柠檬汁三毫升）、低筋面粉九十克。

**◎做法：**

1. 蛋白、盐混合，用搅拌机低速打至起泡（也可手打，但很费力），白砂糖分几次加入，中速打至蛋白稠密呈鹰嘴状。

2. 加入塔塔粉、面粉，搅拌均匀后加入柚子酱拌匀，完成蛋白面糊。

3. 烤箱预热。

4. 将蛋白面糊倒入纸杯模具或小蛋糕模具，最后在每杯面糊表面放上一个柚子酱果粒（材料外）。

5. 放入烤箱，一百九十摄氏度烤约十六分钟，颜色金黄有弹性即成。

# 谁留下这字条？

这个争议到老都不会有解吧，关于他俩当初到底是谁追谁！

他俩同时来到洛杉矶，同一时间，同一班飞机。他怕吵，没跟一大群台湾同学住一起，便租下这栋房子。包租下来后，想找个男室友，最好是老外。学长却带来一位台湾同学，还是个女生，完全不顾他的声明。他没想到对方一眼就看上这房子，而且不介意室友的性别。这女人真大胆，她看他的眼光，根本没把他当男性。

他一口就同意了：“好吧，本来是想租给男生的。”流露出“我也没把你当女人”那样的眼神，有点输人不输阵的意味。

本来他先占了较大的房间，女生在他房门口张望了一下：“可以跟你换吗？我东西比较多。”“大间要多摊一点房租，随便你！”他说。就那样开始，两个人说话都没什么好声气。

不久，麻烦就来了。他真的很后悔，这女的东西多就不说了，主要是乱！她的房间乱不关他的事，问题是乱到客厅来了，千万不要相信女人比较勤快这种鬼话。她每天进门后，鞋子脱成什么样子，到第二天穿上它们为止，就维持那样子。有时穿了另外一双，那一正一反的鞋子就一直杵着，像掷了圣筊，舍不得还原。

就这样，在他们变成男女朋友之前，做了将近两个月的笔友和饭友，

两个人都刻意多做一份菜留给对方，然后避开。

有天，他实在忍不住，蹲在地上收拾了一下。这一双，那一双，这女的到底有多少鞋子？她出声时把他吓了一跳。她饶有兴味地俯视他：“哎，你这样蹲着走路，很像武大郎耶。”

两个人的互动，是从一碗南瓜银耳羹开始的。

他感冒咳嗽了一阵子，有一晚，隔壁巷那个念教育的女孩子来敲门，端了一大碗热汤，说她炖了一大锅，没等他反应，就急急忙忙走了。那女生还蛮漂亮的，上星期研究所里同学过生日，聚会中遇见她，聊起来才知道两个人住很近。她说起：“你女朋友很可爱……”他一愣，知道她误会了，急忙撇清的表情自己都觉得太夸张了。

他把南瓜羹端进屋子，忽然坐立不安起来。女孩子这样算是告白吗？碗盖上贴了张小字条，写着：“南瓜润肺，银耳益气，祝早日康复。”对了，那天在同学家，他突然咳不停，大家还乱七八糟讨论过止咳的种种偏方。那女孩很细心，说不定真的适合他。

可是他根本不想交女朋友，来美国前才被女友甩了，照前女友的说法，他还得感谢她。她说：“我没有在你当兵的时候提分手，我等到你退伍噢！”女人的逻辑太奇怪了，她们喜欢你的时候，把你黏得一点自己的时间空间都没有，希

望你随传随到；等想踢开你的时候，还要找一堆道理，让你承认都是因为你没把她放在第一位……

他想得心烦，把南瓜银耳羹往餐桌上一搁，骑着脚踏车出去散心。

回来时天已黑了，他顺便在老墨的超市买了卷饼，想晚上炒个肉酱，自己做个中墨合璧的卷饼。厨房碗槽里泡着个大碗公。什么？室友把整碗南瓜银耳羹吃掉了？还把碗搁着没洗！什么女人！他边洗碗心里边骂。

她房门关着，门下溢出的灯光显示她在家，但始终没出来。做卷饼时，他不觉疑惑起来，那女的吃饭了没？明明在家没半点动静，也没出来弄饭吃，厨房里的痕迹，就只有刚才那个泡着水的碗，难不成她就把那碗南瓜银耳羹当晚饭吃？要不要叫她出来吃卷饼？说真的，他把卷饼在热锅上烘一下，卷上他自创的肉酱，还蛮美味的……啊，不管她！

他第二天起床时，她已出门了，餐桌上留下一个荷包蛋、两片煎好的培根和一张字条，说做了早餐，请他自己烤吐司就可以吃了。他一头雾水，干吗帮他弄早餐？

望着那个还算完整的不规则形荷包蛋，咀嚼着冷掉硬得发脆的培根，他忽然弄懂了一件事：她以为那碗南瓜银耳羹是他熬给她的！在这屋檐下，两个人都感冒了，也不知道是

谁先传染给谁的。

基于礼尚往来，那天下午他出门前卤了一锅肉，也在餐桌上留了字条，请她努力加餐饭，说她太瘦了。

就这样，在他们变成男女朋友之前，做了将近两个月的笔友和饭友，两个人都刻意多做一份菜留给对方，然后避开。尤其是他，张望了她的课表，故意错开她。他真的需要想一想，交女朋友很累，尤其是那种每天用鞋子博杯的女人。

在他决定跟她一起在厨房里做菜，一起晚餐的那个下午，他先去敲了隔壁巷子那个女孩的房门，把那个一直在他心里悬而未决的碗公还给人家。

后来每次说起那段往事，他不免摇头："你的神经真是够大条，难道没发现那张字条不是我写的？我从头到尾都不知道那碗南瓜银耳羹到底好不好吃。"

"好吃极了！"她高声说。

她始终没有告诉他，第二次看到字条时她就发觉笔迹明显不同了。那些字条，她丢在一个小盒子里，包括第一张字条。一直没有扔掉，只是因为她懒得整理而已。

微 糖 小 点

## 南瓜银耳羹

夏天可冰镇后食用！

## 南瓜银耳羹

◎材料：

南瓜一大块、银耳一碗（市面上有售新鲜银耳，若使用干银耳需先用温水泡发）、红枣一把、桂圆干一把、冰糖一把（依个人喜好，甜度自行调整）。

◎做法：

1. 南瓜切块，红枣泡十分钟、去核，桂圆干冲洗一下。

2. 煮一小锅水，水开后放入南瓜，小火炖煮约十分钟至软。

3. 放入银耳、红枣、桂圆，小火续煮十分钟。

4. 放入冰糖搅拌融化后关火。

# 台北下雪了

微糖年代

开在她前面的这辆红色TOYOTA，后车厢凹了一大片，显然后头被撞过，没去整修。那司机弯腰从右座前置物箱里摸索着什么，使她凛然，小心保持着距离，像走在路上自动避开喃喃自语者。那司机好像摸出个什么东西放入口中，从后头当然看不清楚，只是那动作给她的第一感觉是他在刷牙。

他在刷牙，他的车烂成那样还不整修，他的背影远远看来像是……她跟随着这辆车，开向“那个人”家的巷子……

是那个人吗？她只是觉得背影很像，动作很像，车很像。是他吗？无论是不是，她跟着他做什么呢？

她把车子滑向路边停了下来。神经病啊，那人不是移民了吗？我跟着一辆烂车干吗？她想着，那辆车进那死巷应该会停下来，然后司机会下车，如果她想确认，还来得及去看看。可是看了又如何？

她趴在方向盘上，快速跳动的心脏慢慢平复。不可思议啊，已经分别十七年了，遇见一个背影相似者，她居然还会心跳加速，居然还会手心流汗，居然还不由自主一路尾随。

以为已经不在意了，竟忽如一个浪潮打回来，打得礁上的人浑身湿透。

她并不是个疯子，随便看到个路人甲，发型略似者便以

为是他。主要是那个人找东西的动作。他有一颗靠近智齿的牙，缺了个洞，本来找牙医补补即可，他却迟迟不行动，宁愿每次吃东西之后立刻去刷牙掏出残渣，那角度是连牙签也不好处理的，只有靠牙刷，所以他随身携带着牙刷。她无法理解，这不是更麻烦吗？他的车跟人剐蹭，凹了便凹了，亦不整修。

其实刚才，她根本没有见到牙刷，那么远，也不可能看得清楚。但是她主观上已经认为那个人是他了，才想象成那个人拿了一支牙刷。都十七年了，难道他的牙齿还没补吗？那辆车也不是当年他开的车，只不过都是红色罢了，难道他的每辆车都要被撞吗？唉，应该不是他吧，只是自己的想象罢了。

那年，他们在同一栋大楼里上班。她在旅行社做内勤业务，他开一家文具进口公司。两家小公司门对门，从其中两个年轻女孩子相互串门、熟识起，慢慢扩散成两个公司的人大半互相认得，有时中午还一起出去吃合菜。

有一回大伙吃饭聊天，忽然静了一下。她问旁边：“怎么了？”“我们老板也来了。”自古员工都不爱老板，这老板这么不识相地跟来？她抬头张望，这老板也太年轻太帅了吧！

他看了她一眼，对员工说：“你们背着我跑来吃好吃的。”有人说：“你不食人间烟火啊，每次问你要不要出来吃，都

没理我们耶。”有人弄了把椅子，他在她对面坐了下来，跟大伙谈笑，却好像所有话都是对她说的。她感到惶恐又迷醉，对他的声音迷醉。

后来，他们有说不完的话。他说话的语音是节奏蓝调，是纳京高 *Mona Lisa*（蒙娜丽莎），把她吸入唱片转盘之中。她的心跳、呼吸，追随他的话音共振、颉颃。

他开始等她下班，为避人耳目，她搭一段捷运再跟他会合。最初她只是讨厌三姑六婆的关切。她怕吵，有时坐在话多、音质尖锐的女生旁边，会不自觉揉揉耳朵，觉得耳朵痛。交往四个月之后她才明白，是该避人耳目，他已经订婚了，未婚妻也到公司来过的。

回想起来，那段时间像被点了穴，她放任自己，像站在旷野上任风吹拂。他们无边诉说的童年、成长、阅读、旅行、音乐……她感觉把她一辈子说话的配额都快用完了。他亲吻她的时候，宽阔的胸膛把她完全包裹。她闭上眼睛，让风滑过肌肤，让心室飒飒鼓胀。有时，她睁开眼清醒过来，找不到自己。她感觉自己像化开的冰，没有了形状，无边流淌……

她想跟随他从容的步伐，一切以后再说，船到桥头自然直……但是关不上耳朵，流言已经蔓延。她耳朵痛，痛进脑核的深处。

那一天，他们默立龙谷瀑布下。她着迷般看着沿峭壁激奔而下的白练，每一秒钟，那匹白练滚动的姿态都不一样。以前她喜欢看云，云是水最静默的舞姿，原来认真凝视瀑布，瀑布之水亦是千变万化。

他们看了很久很久，他忽然说：“瀑布还蛮吵的。”她笑了。在震耳水声的掩护下，她脱口说出盘在心里的话：“这段时间很美，很美。我幸福过，我真的幸福过。”话一出口，过去时的语法忽然就成立了。

流言已经蔓延，在那栋办公大楼里。她走进洗手间，里面交谈的女孩，有时会忽然切掉声钮；有时却又突然射出一箭：“好假。”那些话语会追人，追进她敏感的耳膜。她被刮刺着，如鳞被拔起，如指甲被掀开。

身旁的男人却总能云淡风轻，她这才明白，世上有这样一种人是真正的浪漫，能够完完全全地享受爱情。她很羡慕。他是诗人，他是歌者，他是爱神眷顾的孩子。面对爱情，他根本没有拣择的困扰。她明白自己不是这种人，要求他选择，那样只会显得自己乏味、愚蠢。

从谷关回来两个月后，惊天动地的九二一地震把通往龙谷瀑布的路整个摧毁。她心痛地看着关于地震的种种报道。她原来的办公室在十四楼，一定摇晃得极恐怖吧。她没去问。

她已离职，连电话都换了，她彻底从他的世界里退出。

她漂荡了几年后，离开了旅行业，来到一家茶艺馆工作。茶艺馆里常播放的古琴曲，把她的身心终于安顿下来。琴曲多疏淡，时闻琴弦摩擦声，余音杳杳，说不尽的苍凉。

两年后，她嫁给了常来喝茶的姜教授。他们喊他老姜。老姜大她十一岁，离过婚，带着一个五岁的男孩。男孩对她异常依恋，他们感情好到她有时会困惑自己是为了做他的母亲而嫁给姜教授的。她没有生育，没有人要求她为这孩子牺牲，但她并不觉得是牺牲。要在这样的家庭里制造出同父异母的弟妹，光想就觉得复杂头痛。

老姜第一次带男孩来茶艺馆，是个潮湿的下雨天。午后几乎没有客人上门。老姜没课，去幼稚园把上课中的小孩接出来跟他一起闲晃。她从屏风后面见到一大一小两把伞插进茶艺馆玄关充作伞桶的陶瓮里，她迎出来，不知何故，顺手就牵住了小男孩。

她为他们泡茶，为男孩解释每一个动作。煮水，温壶。她右手持茶则，左手执茶叶罐，轻转茶叶罐，看茶叶掉落茶则中，拿把小匙把茶叶拨平，倾入壶里。注水，倒出茶汤，她说：“这是洗茶。”男孩问：“就这样洗？”“就这样洗。”然后她取出一条素白的茶巾，拭干壶底，再注开水，泡出第

一泡茶。

她请两位闻香。男孩问：“要用闻的？”

“对，闻闻看。”

老姜问孩子：“什么味道？”

男孩说：“热热的味道。”

热热的味道。她始终记得这个下午，男孩目不转睛地看她泡茶的每一步骤。他的长睫毛漆黑微翘，她看他看呆了。她从来不认为自己会喜欢小孩，平常在餐厅里听见孩童吵闹、奔跑，都在心里默默埋怨他们的父母：为什么不管一管？这个孩子却触动她内心从未开辟的领地，他对她说的话，像踩在柔软的沙滩上。

他明明是个极其专注的孩子啊。事后，老姜却对她坦白，男孩发展迟缓，一度怀疑是自闭症。老姜带着他跑遍各大医院的儿童发展评估中心，确诊不是自闭，而是认知发展迟缓，也就是智力不足。她极力压抑住内心的震惊，也镇定地听着老姜第一次对她谈起自己的婚姻。

老姜的亲友们都认为他的前妻是因为不能接受这样的孩子而放弃这个家庭，他仍为她辩解。他知道自己必须负很大的责任，但他实在力不从心。婚后他一边工作，一边读博士班，妻在家带孩子。她认为家事必须两人分担，育儿的艰辛犹胜

工作读书，尤其他们的孩子不是普通的孩子。他在理智上能够理解，但每当他拖着疲惫身心回到家中，看到留给他需要收拾的一片狼藉，每每使他烦躁。他宁愿整晚蹲在地板上，和安静的儿子砌筑他那千篇一律的城堡，用小车车反复教导他别的孩子一学就会的数数，也提不起兴致躺在妻的身边。是他先疏离了她。她拿走了房子，留给他儿子。他尊重她的选择。

“在感情上，有时女人比男人更决断。”老姜对她说这话的时候，她觉得耳膜像针刺了一下，想起自己当年离开的方式，那么冷静。

她伸手碰了一下老姜额前垂落的发丝，细看他的脸，其实他不过四十岁啊。他的浓眉下疲惫的双眼睫毛很长，原来小孩的长睫毛是遗传自老姜，青出于蓝啊。她想为他们泡一生茶。

她发动引擎，家里有依赖她的父子等待着她，刚才的心跳加速，只是因为惊讶，只是平静的琴弦忽然被拨动罢了。她和老姜，两颗有过伤痕的心，在茶艺馆里听着古琴流水之音，慢慢靠拢在一起，是那么自然朴实的爱。她很珍惜。

记得新婚蜜月，她坚持一家三口一块儿出游。他们来到美加交界的尼加拉瓜瀑布。他们各自怀着心事。她想起龙谷，

报道中总说地震毁了谷关的瀑布，其实瀑布还在，毁的是道路。当年所有使她心碎的流言蜚语已褪色透明，她回望过往：喜欢过的那个男人，是她心中一道到不了的瀑布，那是她内心的秘境。

丈夫紧紧握了一下她的手。一直安静注视着瀑布的孩子，回过头对她说：“瀑布里面有小白。”

“有什么？”小白是他们家隔壁养的一只白色约克夏。

“我只要一直看同一个地方，一直看一直看，就会看到小白跑出来。”

她激动得湿了眼眶，这不是想象力是什么？“你再继续看，看看还会跑出什么来。”她好欣赏这个孩子，他只是学习的速度慢一点，但是没关系啊，就让世界缓慢下来啊。

不久前，茶艺馆新进今年春季的“雪包种”。年初因为一场霸王级寒流，台北山区下了一场百年罕见的大雪，降雪期间恰是茶树萌芽期，茶芽在低温下生长，速度减缓，叶片较往年厚实，味道格外丰富甘甜。茶农把这大雪淬炼过的茶品叫作“雪包种”，百年仅见。

她还记得台北下雪的那一天，他们一家兴冲冲地开车上五指山，满山竟成冰雪世界。那一天，恰好是孩子的生日，在他即将告别童年升上初中前，意外拥有一个银白色的生

日，应该会终生难忘吧？他们一家人在雪中，那样惊喜，那样快乐。

而那冰雪，就凝聚在这一片片蜷曲的清香叶片里了。他们喝过几回，十二岁的孩子也习惯跟着她喝茶，满口说：“我要喝下过雪的茶。”

一下子天就热了，今年暴冷暴热，年初下雪，而六月未到，竟已如炎夏。小孩不再跟着喝热茶，频频打开冰箱张望。昨晚，她心血来潮，给泡开的“雪包种”加入吉利丁粉和少许的糖，做成了茶冻。

她慢慢把车开回家。烦躁的心情，在缓慢的车速里逐渐平复。昨天冰镇的茶冻，可以拿出来吃了。把雪凝固在里边的茶冻呢，小孩一定会觉得有趣吧。

微糖小点

# 茶冻

好茶冻，关键在好茶！

## 茶冻

◎材料：

茶叶（任选喜欢的茶种，好茶更适合做茶冻）、热水三百毫升、吉利丁粉两茶匙、糖一茶匙、鲜奶油少许。

◎做法：

1. 二百毫升热水泡茶，过滤杂质。
2. 一百毫升热水拌溶吉利丁粉。
3. 将泡好的茶和溶好的吉利丁粉混合，加糖搅拌溶化。
4. 倒进模子里，放入冰箱两小时以上。凝固后倒出，切成小方块，淋少许鲜奶油即成。

# 那个叫椰子的男人

微糖年代

遇见椰子，她百感交集。有些人与你的生命交汇，他既不是你的亲人、朋友，也不是仇敌、竞争者，你们没有任何利害关系，他却对你的人生，或者说是命运，产生了某种影响，这种影响连他自己都不知道。椰子对她而言，就是这样一种人。

椰子好像姓叶，大家都喊他椰子。他们只见过一面，那个时候，她和先生还没有冷战。

那天是个湿冷的天气，她先生请同事们到家里来吃火锅，来了很多人。结婚以来，先生请过几次朋友，每次三五个人，她也乐意做几道外观精美的菜，让老公在朋友面前有点面子。但那天人实在太多了，她做不过来，便选了火锅。天冷，火锅省事，也有乐趣。

虽然火锅方便，她还是在厨房里忙了一下午。所有作料洗洗切切，煎蛋饺、做肉丸子、炸芋头、炸蒜瓣、熬高汤，这些她都自己动手，不用现成的火锅料。最后炸一个鲢鱼头，先把汤头做好，客人就可以自己动手涮肉片、蔬菜了。

那天婆婆也在，到厨房张望：“要帮忙吗？”她说：“不用不用。”她只希望老公来帮忙摆碗筷、端盘子，偏偏老公跟客人聊开了，不进厨房。有个年轻女孩过来，执意要帮忙，她说真的不用，几乎动气。对她而言，做菜是严肃的事，每一道程序都需要思考，怕被打乱。她不是熟手，更不是天生

的厨子，但是认真。

年轻女孩插不上手，也不离开，站在厨房门口跟她婆婆聊了起来。见她爆葱，爆至焦香，女孩说：“我们家火锅不是这样做耶，我妈煮的比较清淡……”她婆婆附和：“清淡才好！”她火大起来，大锅高汤淋下，丢进炸鱼头，开大火煮滚，再转小火熬汤。

这空当，她出去寻先生，让他张罗大家到饭厅来。老公不在客厅。她往书房走，其实家也不是很大，哪儿有那么难找，只是客人要来，她把每个房门都关起来，一时不知道老公躲哪儿去了。

走到书房门口，听见一男一女的对话：“阿伟的老婆个性一定很鸭霸，你看，整间书房几乎全部是她一个人的书……”一个男人坐在她的电脑椅上，摇摇晃晃眯眼打量一房间的书，旋转椅转了半个圈，他的目光对到房门口的女主人，愣了一下。一旁女同事说：“出来啦！”她掉头离开。

客人走后，她跟老公大吵一架。老公先是一头雾水，不知道自己做错了什么，等听她转述椰子随口的评语，简直莫名其妙。

她说：“他根本就不认识我，凭什么评断我？”

“既然根本就不认识你，他说什么很重要吗？”

“像这种朋友，以后就不必来了！”

“你这种口气还不鸭霸吗？”

原来如此。她不说话了。她打开冰箱，那是一早做的草莓夏洛特。这天在市场上买到了新鲜漂亮的草莓，特别贵，她不惜下重本买了三大盒，一小半搅成泥混合在奶酱里，一大半摆满蛋糕上。夏洛特必须冷藏四个小时以上才能定型。她小心翼翼地做好美丽的夏洛特，准备大家吃了火锅之后拿出来，接受众人惊艳的赞叹。

然而这下什么都不对了，她没有兴致拿出甜点了。等到客人走后打开冰箱，皇冠般夺目的夏洛特蛋糕忽然使她悲凉起来。

她端出蛋糕，切也不切地就拿只汤匙挖着吃了起来。草莓原汁原香的慕斯，好吃得使她一口接一口，她惊人地吃掉了整个蛋糕！

从那一天起，她跟老公再也不曾说话。他们没再吵架，就只是不说话了。从那一天起，她忽然暴瘦，对食物失去胃口，尤其不再碰甜点了。

她觉得头痛，从齿根一路痛上来，怀疑自己整个牙床都烂了。去看牙医，只是轻微的蛀牙，医师却说：“你有咬牙的习惯，不太好噢，久了连脸型都会变噢！注意营养的均衡，

在市场上买到新鲜漂亮的草莓，一小半搅成泥混合在奶酱里，一大半摆满蛋糕上，皇冠般夺目的夏洛特蛋糕忽然使她悲凉起来。

尤其心情要放轻松……”

所有的坏事都在同一时间到来。她有份银行的工作，但同事没人知道，她偷偷写着小说。寄给报社不是石沉大海，就是立刻从电子信箱传来退稿信，有时速度快得令人怀疑那信箱自己会审稿、退稿。但她还是把陆续写了十几万字的短篇小说收集、列印，寄给了四家出版社。过了一段时间，有三家出版社陆续把稿件原封不动退回，只剩下一家没有动静，她以为被认真考虑了。就在老公请同事到家来的那星期，仅存的最后一线希望也破灭了，第四家出版社也退稿了。

那个叫作椰子的男人，坐在她每晚伏案写作的椅子上，环望四周她的爱书，轻鄙地对旁边的女孩子说出：“阿伟的老婆个性一定很鸭霸，你看，整间书房几乎全部是她一个人的书……”这样的话，好像是出版社派来嘲讽她的人马。

是从那时候开始咬牙的吗？还是更早？她慢慢回想，自己究竟何时开始养成咬紧牙关的习惯？她照镜子，脸型变了吗？下颌变大了吗？

现在这个叫椰子的男人走到她的面前，把号码牌丢进面前的亚克力方盒子里，递上存款簿、存款单、一张支票。她请对方在支票后面填上银行账号、签上大名，男人向她再确认了一次：“账号是填这里吗？”看了她一眼。她回视他，

心下忖度着，如果他打招呼、哈啦起来，要以什么样的表情面对这个人。他知不知道因为他，让他们夫妻冷战了几个月？

然而他的目光扫过她的脸之后，随即回到支票上，像小学生一样，规规矩矩地把数字填进那些格子里，又怕自己填错，反复查对……

看来，这个人完全不记得她是谁了。他到他们家来，大吃大喝，随口批评女主人，对她的个性下断语，却根本连她长什么样子都没看清楚。她忽然笑了起来，这一微笑，咬紧的牙关不自觉松开了。男人以为她对他笑，也报以羞赧的微笑。她看看支票，记住了他的名字。

那天下班她去超市。几个月了？他们夫妻各吃各的。先生多半在外头吃完了回去，而她，乱吃，甚至没吃。有时听见他晚归，在柜子前翻东西，等她闻到泡面的香气，只吃了几根关东煮的肚子跟着饿了起来，那时真的很想去“分一杯羹”啊。

她买了芦笋、洋葱、培根、鲜奶油、螺旋面，只要半个钟头，就能做一道美味的培根芦笋意大利面吧。走到水果区，没有草莓，对哦，已经七月天，哪儿有草莓！啊，他们各自乱吃也过了快半年了。

她闻到爱文芒果的香气。那气味强烈地召唤她，她想象着做一个芒果夏洛特跟先生分着吃，想得心都痛了。

微糖小点

## 草莓夏洛特

随季节替换水果，芒果、凤梨、樱桃都是不错的选择。

◎材料：

1. 手指海绵面包：蛋三个、细砂糖八十克、低筋面粉九十克、挤花袋一个、糖少许。在专门的烘焙店也可买到现成的。

2. 巴伐利亚奶酱：吉利丁三片、鲜奶二百毫升、蛋两个、细砂糖六十克、鲜奶油二百毫升。

3. 草莓酱：吉利丁一片、草莓一百五十克、细砂糖三十克。

4. 装饰草莓：约三百五十克。

5. 蛋糕模一个。

◎做法：

1. 手指海绵面包

A. 蛋分离出蛋黄、蛋白。

B. 使用电动打蛋器，中或高速，将三个蛋白打至发泡呈鹰嘴状，慢慢将八十克砂糖加入，边加边搅拌均匀。

C. 三个蛋黄打散后，慢慢倒入打发的蛋白中，搅拌均匀。

D. 九十克低筋面粉拌入蛋糊中，拌匀。

E. 将前项完成的面糊倒入挤花袋中，装上直径约两厘米的圆嘴。

F. 烤盘铺好烤盘纸，挤上长十厘米的条状面糊，约可挤十八条，挤完为止。

G. 用细滤网轻撒糖，静置两分钟后，再撒一次。

H. 进烤箱一百八十摄氏度烤约十五分钟，烤至色泽金黄拿出，冷却即成。

2. 巴伐利亚奶酱

A. 将吉利丁三片浸泡在冷水中软化。

B. 鲜奶二百毫升入锅加热至边缘冒小泡。

C. 两个蛋黄和六十克细砂糖搅拌至微微膨胀。

D. 热牛奶倒入前项蛋黄中，搅拌均匀后放入锅中，中小火加热，不停搅拌，接近沸腾前离火。用滤网筛沥一次，去除渣。

E. 软化的吉利丁沥干水分，加入做好的奶酱中，搅拌至融化，静置二十分钟。

F. 电动打蛋器以中速将二百毫升冰凉的鲜奶油打至鹰嘴状。

G. 将搅至发泡的鲜奶油拌入搅好的奶酱中拌匀，即成巴伐利亚奶酱。

3. 草莓酱

A. 吉利丁一片，冷水泡软。

B. 草莓洗净去蒂，加入细砂糖三十克，放入食物调理机搅

打成泥。草莓易碎，也可直接捣碎搅拌，不一定要用食物调理机。

C. 取三分之一的草莓泥，放入小锅中小火加热三分钟。放入吉利丁，离火，搅拌至吉利丁融化。

D. 拌入剩下的三分之二草莓泥，搅拌均匀，即成草莓酱。

4. 装饰

A. 取一百二十克的草莓酱加进巴伐利亚奶酱中拌匀。

B. 取一个蛋糕模，手指海绵面包底部蘸剩余的草莓酱，一个一个围绕排满蛋糕模内壁。

C. 模型底部摆满新鲜草莓。

D. 倒入巴伐利亚奶酱，上层留约两厘米。

E. 最上层摆满手指海绵面包。

F. 放进冰箱冷藏四小时后倒扣脱模即成。

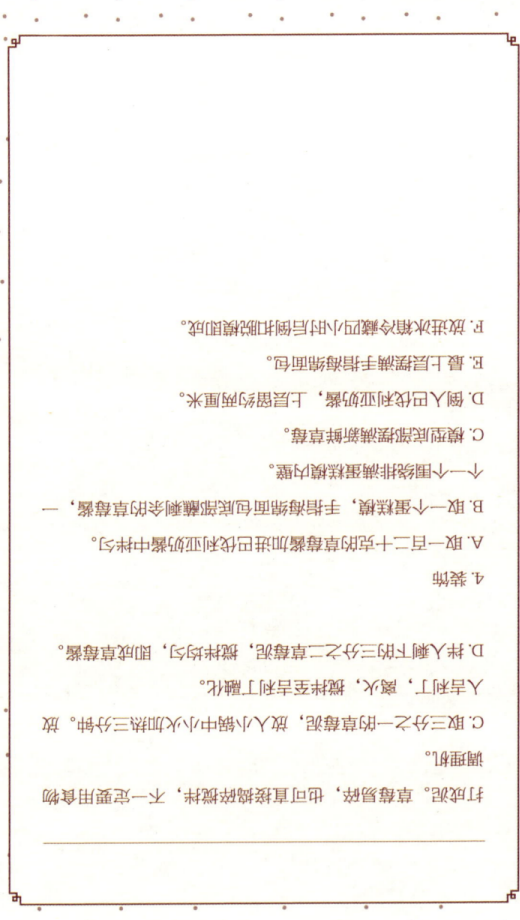

微糖年代

# 爱情就是这样到来吗？

微糖年代

天黑了，她拿着遥控器胡乱选台，大拇指按着按着，视线在四大洲花式滑冰锦标赛这个画面上停留了下来。场上是枫叶国的选手，一个双人三回旋跳，而后快速扭转托举。这样的双人冰舞，真美啊！她对运动毫无兴趣，唯独喜欢看花式溜冰，冰晶世界里的回旋曲是最华丽的运动。她的大脑汩汩涌出渴望：甜点、法式布丁、炖蛋、薄脆如冰的焦糖……

把牛奶与鲜奶油倒入小锅，小火加温，木勺轻轻搅拌直到冒出烟气，周边微微起泡。啊，这像优美的燕式旋转。蛋黄、细糖放碗里迅速搅拌，这像轻盈的小兔跳。把小锅里的牛奶慢慢倒入蛋液里拌匀，这像一个后外圆弧的舞步，滑行……

冰舞最美的必然是伴随着乐曲。莫扎特第二十三号钢琴协奏曲，来到最有魅力的慢板，平静的秋，寂寞的黄昏……

把调好的牛奶蛋浆淋筛，滤过杂质，一个华尔兹跳；细心倒入几个小烤杯，滑过一个一个三字步。大烤盘里倒入一大碗温水，再把烤杯泡进温水中，整盘放进预热过的烤箱，一百六十摄氏度，预设四十分钟，这就完成了炖蛋序曲。

她找出前年在欧洲买的圣诞专辑《贝多芬的最后一夜》，几乎年年都有冰舞好手选择这支摇滚乐剧。她闭上眼聆听，别睡着，可不能烤过头。老公未归，他们这种 7–11（每周工作 7 天，每天工作 11 个小时以上）的工程师回来还早呢。

看他溜冰是多少年前的事了。无冰，只是普通的四轮溜冰鞋，在学校圆形水泥溜冰场上。清晨她散步途中，有个男孩一大早便在那一圈一圈地溜着，中间偶尔跃起，做一个简单回旋，在她眼中已经是厉害的高手了。

她索性趴在栏杆上观看，可能因为小时候曾经跟爸妈去看过美国白雪溜冰团，隐约记得极华丽的欢乐歌舞、大羽毛扇、天鹅……

那天，她夹在爸爸妈妈中间，看溜冰是一个被爱的印记。后来爸妈离异，她跟着爸爸，后来有了客气的新妈。中年后，新妈发福得厉害，她心中的母亲一直是跟白天鹅的记忆交叠在一起的。

生母在来不及发福的四十出头便病逝了，消息从夏威夷传来。母亲最后落脚在夏威夷教中文，在台湾时母亲是英语教师，业余画画，过世时留给她一小笔积蓄和一大批画。那些画堆放在房间一角，她没有足够的墙面展示那些画，也是顾虑新妈的感受，只挂了一幅约四开尺寸的小画，画着一扇窗，窗外一束紫藤垂下，角落签名旁注记的时间距离母亲临终只有四个多月。她的房间无窗，就把这幅画当作房里的窗。

那男孩一圈一圈地溜着，把她引进记忆的窗口，她趴着看，

其实沉浸在自己的冥想之中。忽然，男孩通过她身边时一个回旋，噢！那样的摔法，算四脚朝天吗？她先是惊愕，看他讪讪地坐起，自言自语：“不能在女孩子面前耍帅！”她扑哧一声笑出来。

第二天，她散步经过溜冰场，他已在那儿滑行了。她以前经过这里时也看过别人溜冰，但在水泥地的小溜冰场上转圈并没有她童年里冰宫的华丽印象，反而常令她想起曾在动物园看过的一只狼，嘴里衔一根木棍不断地绕圈奔跑。被拘囿的狼，竟懂得自我锻炼，保持战斗力。她看得有些心酸。

但是这个男孩，此刻不再因为她的出现而心慌，他有时前行，有时倒滑，像写着狂草那般大气挥毫。看着，竟不觉得这场地是有边界的。

她正要走开，男孩朝向她一路笔直滑行而来，那一刻，眼前坚硬的水泥地化成柔软的水面，他滑水一般破浪前来，来到她的面前，逼近她的脸庞。她不知道别的女生是如何知道自己爱了，爱情就是这样到来的吗？

他试着教她溜冰，她完全学不来！他牵着她的手，慢慢引导，一放手她就尖叫。他尴尬极了：“你别这样叫，人家以为我对你做了什么！”他从没见过平衡感这么糟的人，他想起前女友，人家一学就会！

这念头一来，他马上闭嘴，知道自己犯了大错，“比较”是一种糟糕的事。他有个从初二就认识，在一起多年，后来自己也不知道为什么就分手的女朋友。分手后仍然不时联络，有时他们在一起，前女友打电话来，他看一看，不接。她心里明白，这种事令她心烦，也想起母亲。

母亲相恋多年的男友没有选择她，和别人闪电结婚了。她嫁给父亲始终抑郁。在她出生后，旧情人重新召唤母亲的情感，母亲在痛苦中选择一个人避走海外。对她而言，母亲是遗弃了她。她知道父亲不曾忘记过母亲，于是觉得新妈可怜。新妈来时她已经十一岁，大人说，喊阿姨也可以的，她却愿意喊新妈为妈妈。

十五岁那年生母过世，父亲独自去夏威夷为她收拾一切。那些日子，家里剩下她和新妈。有一晚，新妈抱了抱她，她抬头发现新妈掉了眼泪。后母不一定是巫婆，虽然她隐约也知道，那眼泪也许是新妈为自己流的——新妈的男人丢下她俩去为前妻善后。但她仍然看到了新妈的善良，比起她骄纵的生母，新妈是委曲求全的。那也是新妈唯一抱过她的一次，过后，她就长大了。

人们都说旧爱最美，她只觉得旧爱真烦。她绝不要搅进去！

她躲了他半年，改变作息，改变生活动线，却在市府广场跨年的汹涌人潮中遇见他。倒数计秒时，他俩遥遥望着彼此，口里跟随众人：“十八、十七、十六、十五、十四……九、八、七、六……”烟火轰地炸开，他拨开人群走向她，一如那日清晨溜冰场上朝向她，劈开水面那样地拨开人潮。

他们抬头看天空，伴着新年音乐，烟火一朵一朵盛开。

烤好的炖蛋得放进冰箱冰两个小时。他回来的时间刚好，刚好帮她处理她做不来的部分。她把细红砂糖均匀撒在炖蛋表面：“快，把你的家私拿出来！”

那是一把火枪，需均匀烧炙炖蛋的表面，让糖粒融化又迅速凝结成整片薄脆的焦糖。她很怕那把枪，一拿就发抖，怕太近烧炙太久糖粒会焦掉，移开时紧张得一边尖叫，一边朝空中乱喷。

他看不过去：“旁边有易燃物哪！”赶紧接手过来。奇怪了，什么菜也不会做的他，拿起火枪却掌控自如。他说：“这就跟我们做板子用的热风枪差不多啊。”

“做什么板子？”不是工程师吗？怎么听起来像个土木工人？

“主机板。”

“在学校学的吗？”

“在学校里还用过乙炔切割器，那连钢板都能切！”讲得很厉害，但她只需要他帮她融化炖蛋上的糖粒而已啊。

看他手持火枪，游刃有余地对着一个一个小烤杯画圈圈，啊，单人旋转，滑步，单人旋转……她保持距离，就像她始终学不会溜冰，只能远观，不能模仿《第六感生死恋》里男女主角共塑陶坯的一幕。火枪，绝不是浪漫的加温器！

微糖小点

## 法式焦糖布丁

记得现做现吃，焦糖放进冰箱会软掉！

◎材料：

蛋黄六个、细砂糖五十克、鲜奶油四百五十毫升、牛奶八十毫升、香草油两茶匙、小烤杯六个。

◎做法：

1. 蛋黄、细砂糖搅拌打发。

2. 烤箱一百六十摄氏度预热。

3. 将鲜奶油、牛奶放入牛奶锅中拌匀，小火加热至微微起泡。加入香草油。

4. 将上面所有东西混合拌匀成蛋浆，用细筛网过滤后，倒入小烤杯中。

5. 大烤盘先倒入一大碗温水，烤杯泡进温水中，整盘置入烤箱，一百六十摄氏度烤四十分钟。

6. 取出烤好的炖蛋，放冰箱冷藏两小时以上。

7. 将细红砂糖 （材料外）均匀撒在炖蛋表面，用火枪均匀烧炙，让细红砂糖融化结成薄脆焦糖即成。

微糖年代

# 祝福的离婚宴

微糖年代

淑方第一次接到这种订单，不敢相信地又问了老板娘一次：“离婚宴？”

老板娘好笑地点点头：“确认过了，真的是离婚宴。”

“会不会是恶作剧？”

“已经付了五成订金。”

“是夫妻双方一起来订的？”

老板娘说起那天接订单的情形。一对三十出头的夫妻，说要订二十八人左右的晚餐。“我说我们这整个餐厅坐满了也只有三四十人，二十八人分散六七桌，不如包场吧？年轻人犹豫了一下，包场会不会很贵？我反问他们，这么多人，为什么不找大餐厅呢？女孩子说，这是他们第一次约会的餐厅，想在这里好好结束。结束？我以为我听错了，结束什么？她说结束婚姻啊。我瞪着他们，以为是来戏弄我的，哪有人结束婚姻还要找亲友来大吃大喝的！那个女的说，当初结婚时得到了大家诚挚的祝福，既然是理智的分手，也想要好好跟亲友说明、道歉，两家人虽然不是亲家了，但还是好朋友。”

淑方咋舌：“太夸张了，离婚还要请客昭告天下？”

老板娘却说：“我想想也有道理啊，便对他们说，反正离婚一定会被东问西问，规劝、责备、安慰，干脆统统叫来了一次讲清楚，是这样吗？那个男的对我点点头，终于开口

讲话了，他说，对啊，要骂一次骂个够！”

“你就答应给他们办了？”

“我想想也很有趣，从来没有看过什么离婚宴，就来开开眼界，不但给他们办，还没收包场费。”

淑方笑出来：“老板娘真够阿莎力呀。”那时她在厨房里不知道有这种事，不然一定跑出来看看这对夫妻长什么样子。她追问：“他们有小孩吗？”

“我怎么知道！”老板娘苦笑，“现在人……”忽然警觉，把话噎住。

淑方离过婚。她说：“离婚、结婚这种事，我不相信有几个人是理智的。”

她离婚那年二十六岁，离婚的原因是什么呢？是因为两个人作息颠倒、渐行渐远？是因为觉得他不爱她？是因为觉得他没出息？还是她自己，是她把婚姻变成了沉重的枷锁？

他们是同一所大学毕业，外文系前后届。他在学校时是耀眼的，好像对所有好看或是有才气的女生都感兴趣，满口暧昧，让人分不清真假，究竟交往过几个女朋友她也不清楚。他们是在出版社工作时才算真正认识。他因为当兵，学长反而成了她的后辈。她把第一次给了他，半哭半笑、半玩笑半认真地说：“不管，你要负责！”他真的负责了。婚后他说：

“是你追我的。”这话总是惹恼她。

他工作没多久就辞职不干了，没法适应规律的上班族作息，弄了一个工作室，有一搭没一搭地接活。回家见到他时，不是在睡觉就是在阅读，他白天做什么、到哪里去，她浑然不知。他大学时代是令她倾心的才子，婚后偶尔见他端坐电脑前，靠过去张望，却见他老在打电动！

婚姻，就是在这样的生活与失望感里渐渐磨损掉了。离婚是她自己说出口的，她以为他会松口气，意外的是，他坚定地对她摇头。

淑方忘不了他签字离婚前说的话：“我觉得我没有变，是你变了。我一直就是这个德行……”望着他坦然的眼睛，那一刻，从前爱上他的感觉又回来了。

她想起那天从图书馆出来，滂沱大雨没头没脑地泼下来，她得赶去上二十世纪美国文学课，教授会点名的。她把书包夹进薄外套里，吸口气预备跑步，一把深蓝色雨伞从上头罩了下来。她转头，是那个传说中只在图书馆、书店出没，很少上课，每次交报告、作品都打死一干好学生的学长。伞不大，三分之二都给了她。到文学院时，他说：“跑步！你已经迟到了。”“那你？”学长转身走掉了。望着他湿漉漉的T恤，他在雨中从容的脚步，她想着：啊，这就是所谓潇洒，所谓

温柔。

“最后一次问你，真的不后悔吗？”那天他说。她的胸口灼热起来，感觉火焰已经伸出来烧着眼前那协议书，把它烧了吧，烧了吧。她整个人却石化了一般，动不了，什么也说不出口。

“离婚”成了她生命里的痛点，一碰就痛，而她的朋友，几乎全部是他的朋友，无可遁逃。在那样的心情下，她意外躲进烹饪的世界里。

在出版社她负责过美食书系，校对过程中，细读食谱上一条条细目，比对图片，脑海中竟产生如临现场的想象，有种这道菜我做过了、这道甜点我会了的错觉。有一天和同事聚餐后，路经一个工作室，透明自动门上写着“Cooking Studio”（料理课程），她就这么被那道门吸进去了。

从基础烹饪学起，她给自己定目标，去考证照。下班后转进工作坊，每次学习一两道料理，以所有的感官，品尝当日的成就，真真实实。偶然回望两年婚姻一场，如梦一般，他们幸福过吗？

一年半后，淑方系上围裙，绾起长发，戴上白帽、白口罩，来到大饭店的餐饮部。口罩遮掩不住她明亮的双眼。灶台太高了，师傅给她搬来板凳；手臂酸了，师兄随时接手。

然而大锅大灶对她而言，终究是沉重的粗活。下班后，一群师傅寻摊饮酒，她不懂，都是大厨师耶。她过不了这种生活，师傅说：你去学烘焙！

烘焙是餐饮世界里相对秀气、浪漫的领域。一头栽进来，五六年时光就这么搅拌、烘烤过去了。前年，朋友找她合作开家小馆子，老板娘负责外场，由她设计菜单。这坐落小巷弄里的无菜单料理，赢得一小批死忠顾客，尤其甜点最得女客欢心。

前夫的状况，不时传进她平静的生活。他既未穷途潦倒，也没有在文坛上大放异彩，他回学校念硕士，还未拿到学位就结了第二次婚，休学跟老婆一起开美语补习班，日子过得还可以，也有一个女儿了。他们……原也可以成为这样普通的正常夫妻吧，如果她走得不是那样坚决？

她想起他对她说的最后一句话。她在心中呐喊：我后悔！我后悔死了！

淑方离婚后一直有种空洞感，像拔掉了一颗牙齿，就算已经不痛了，甚至舌头不去舔它，仍然感觉到那里存在着一个洞。

有时做出满意的料理，乍然生出短暂的喜悦，她会全心全意闻一块柠檬乳酪派的气味，或一碗蔬菜青豆汤的热气。

一把深蓝色雨伞从上头罩了下来，望着他在雨中从容的脚步，

她想着：啊，这就是所谓潇洒，所谓温柔。

最怕此刻忽而想起，在一起的两年中，她从没有好好为他烧过一道菜，炖过一碗汤。从来没有啊。

这对年轻的夫妻，重回他们喜欢的餐厅，将要告诉他们的亲友，两人就要从此分离。淑方摇摇头，作为一个厨师，把菜做好，期待顾客好好品尝她为他们制作的每一道料理，是她唯一能做的事。美食，就是祝福。

离婚宴的最后一道，照样是甜点。甜点是这小餐厅能存活下来的制胜武器。老板娘兴味盎然地问淑方：“你准备什么甜点？”

淑方说：“提拉米苏。”

老板娘微感失望，提拉米苏不是不好，它不但是经典甜食，也是她们店里的招牌，但又似乎太寻常了。“我以为你会设计一道非常独特，让所有宾客都忘不了的新奇甜点。”

淑方眼神有些迷离，她说：“寻常一点比较好。”

Tiramisu 在意大利语里是“拉我起来”的意思。她想起当年，烘焙老师拆解这个字的发音和字义，他说：“它还有个解释，就是‘带我走！’”

那年，学员们哄堂大笑起来。唯有淑方，难过得无法呼吸。

微　糖　小　点

## 提拉米苏

◎材料：

1. 手指海绵面包：请参考七十三页。

2. 鸡蛋三个、细砂糖六十克、意式浓缩咖啡两杯、威士忌两大匙、马斯卡彭乳酪半盒（约二百五十克）、可可粉适量、烤盘（或方形容器，大约 20 厘米 ×30 厘米）一个。

◎做法：

1. 预先制作手指海绵面包（或称手指饼干，可购买现成品），放凉。

2. 意式浓缩咖啡中加入威士忌，放入大汤碗备用。

3. 将蛋白、蛋黄分离。五十克细砂糖加入蛋黄中，搅拌至颜色发白的黏稠状，加入马斯卡彭乳酪继续搅拌至柔软，这个步骤大约要十分钟。

4. 十克细砂糖加入蛋白中，以打蛋器中速打至发泡呈鹰嘴状。

5. 将打好的发泡蛋白，一次一大匙加入拌好的马斯卡彭乳酪中，边加边以同方向搅拌，持续搅打至均匀、质地细腻，即成乳酪馅。

6. 烤盘铺上保鲜膜，四面均超出烤盘（以方便取出）。

7. 烤盘中先填入一层薄薄的乳酪馅。

8. 手指海绵面包快速浸入浓缩咖啡，取出；整齐排入烤盘中，填一层乳酪馅。重复一层面包、一层乳酪馅，铺三至四层。

9. 将烤盘四周的保鲜膜往中间紧紧覆盖住提拉米苏，放进冰箱冷藏四小时。

10. 脱模后取下保鲜膜，食用前均匀撒上可可粉。也可以切块后，一块一块撒粉，较为美观。

# 似水年华

微糖年代

她用刨磨刀轻轻刮取一个黄柠檬的表皮，微酸微苦的柠檬皮丝缱绻落入碗中……

小谢每个周末的烤箱里，经常烘烤着玛德莲。贝壳形状的玛德莲，是善于聆听的小耳朵，接收她一桩一桩心事。她想着，玛德莲啊，我将渐渐老去，这所有的心事、往事，是否能成为一个个故事，说给人听？

她并不是甜点高手，她只会做玛德莲。有时加碎杏仁，有时加薰衣草、香草籽，有时加柠檬皮丝。玛德莲是她最后的文学梦，端出玛德莲，能忆起嗜读翻译小说的少女时光。

年轻的时候，她有一双迷离的眼睛，常常从遥远梦境中醒来的神情，男友说她神秘缥缈，很有灵气。男友成了丈夫之后，说她魂不守舍，要不要去看医生？

生了一儿一女，她像大部分的已婚妇女一样，白天上班，晚上从保姆家接回小孩，而后进化为安亲班、美语班。睡前要看他们的作业，有时孩子忘了拿出联络簿来，有时她忘了答应要帮孩子买的作业用品。

啊，这年头小学生作业需要的道具真多，一下子要空纸盒，一下子要玻璃罐，一下子要宝特瓶，他们家根本没有那种东西，只好买饮料回来努力喝掉，甚至倒掉，腾出空瓶。还有一次要生鸡蛋，说是要让孩子挂在身前保护一整天，体

会母亲怀胎不易。真是折腾那些蛋!

她常常忘记买这买那，第二天一早小孩哭爹喊娘，丈夫责备她不负责任，日子过得千惊万险，终于两个孩子都离家上了大学。

女儿大学开学的第一个周末，她就去买甜点食谱、模型回来，自学烘焙玛德莲。玛德莲不难，是那种第一次做就可以上手的家常甜点。她把漂亮的玛德莲成品照放在“脸书”上，很快得到了两百三十九个赞。底下的留言中出现一个远方的名字：姚宣。留言是一行字：追忆似水年华。

姚宣，这名字不容易重复。她点进他的“脸书”，啊，真的是他，她上大学时校刊社的学长，那个物理系的男生。照片上的他，不复当年的娃娃脸，脸变大了，是中年人的样子了。

她忍了一天，终于回复了他的朋友邀请。他发讯息给她，问她别来无恙？在做什么呢？他在大学里教应用物理，完全不出所料。她呢？外文系毕业的她，在讯息里写道：“我是采购管理师。”

以前她每对人说自己的职业，总会受到质疑：“那是做什么的？”有耐心时，她会解释：公司大宗采购，必须要询价、比价，要掌握公司物料水位、订购时机，一方面要 cost

down（降低成本），一方面又不能让公司缺货料，采购管理师必须计算出对公司而言最有商业价值的订购数量和时机……没耐心时，比如她小姑的问法：“采购不就是买东西吗？还要管理师？”她便点头：“对啊，采购就是买东西。”她老公接话：“她什么都不会，就是会买东西！”婆家一屋子人哈哈大笑，公公说：“少买一点，不要一天到晚买东西！”哈哈哈，哈哈哈……她的职业，在婆家是个笑话。

姚宣在“脸书”那头回应她：“原来你会做这么专业的工作啊。”

她心头一热，想起他说话的语调。她曾有过炽烈的作家梦，一进大学就参加校园文学奖角逐，得到小说首奖。姚宣是新诗组首奖，颁奖后合照时，姚宣站她身边。姚宣高她两届，对她说：“小学妹，要不要来校刊社？”摄影同学举着相机：“喂，拍完照再把妹，先别讲话啦！”他俩相视一笑。姚宣要她交一篇小说，她却交了两首诗，姚宣说：“原来你那么会写诗啊。”

她栽进校刊社里，帮学长学姐们跑腿。当年稿件得找打字行打字，有的诗稿字迹潦草，她还帮忙先誊稿，最潦草的就是姚宣的字，所以他的每首诗，她都誊写过一遍。“啃啮时间的果核／抛向海／浪如花落／一只小蟹行于沙滩”，她

至今还记得他这首叫作《遗忘》，对她而言暧昧的短诗，因为姚宣把她的名字写作“小蟹”。

他们却没成为男女朋友，姚宣已经有女朋友了，是小谢系上的学姐，也是校刊社的。有一晚，稿子校对完准备付印了，大伙骑摩托车到逢甲夜市狂欢，姚宣随手在摊子上给她买了一只粉红色的螃蟹抱枕。她看见学姐的眼睛能喷出火来，听见他们低声吵架，她手上的抱枕成了“烫手蟹”，几乎拿不住。

后来大伙送女生们回宿舍，却站在女宿舍门外聊天，还不想散。学姐有副好嗓子，忽然唱起歌：“天上的星星为何，像人群一样拥挤？地上的人儿为何，又像星星一样疏远？嘿——嘿——”所有人静下来聆听，姚宣两手交抱胸前，沉沉地看着他的女朋友。

那一刻，小谢知道自己赢不了了，她只是个可爱的小学妹而已。她把螃蟹抱枕抱高一点，摩挲自己的脸庞，悄悄吸掉泪水。那晚回到宿舍，她抱着抱枕压抑住幽幽的哭泣声，哭了很久，室友才发觉：“小谢，你怎么啦？”

这一生，她从来得不到自己真正想要的东西。她总是迁就，对人生让步。她问自己，是不是性格有什么问题？

姚宣早她两年毕业，当兵、去外国念书，走到哪儿都会寄明信片给她，问候她。明信片就像他对她的感情，是明亮的，

可以摊开来被检视的，没有隐秘的质素，就注定不是爱情。那时她是这么想的。当她知道姚宣跟学姐已然分手，当他来信问她要不要来纽约念书，他说："我现在很会烧菜，可以照顾你噢。"她悄悄封杀了最后的机会。那是一封信，不是明信片啊。

她后来常常想起那一刻，她颤抖拆信的双手。那是最后一封信，她没有回，从此就断线了。她已经订婚了。两个月后她步入礼堂，嫁给了研究所的同学。她在研究所转念企管，她的人生已经偏离了年少想象中的航道，愈走愈远……

她点开姚宣的"脸书"。现居台中市／未婚／在某大学担任教授／就读学校从小学到博士班列了一大串……／来自高雄市／8929 人在追踪。而她的"脸书"写着，现居台北市／已婚／来自台北市／2555 人在追踪。她并没有好好经营"脸书"，那些简介都不曾好好填写。没有毕业学校，没有工作单位，连婚姻那一栏，都没有更新。

其实两年前，他们夫妻已经协议离婚了。

离婚之后反而成为朋友，前夫对她言辞不再犀利，也可能是歉疚吧。他离婚不到三个月立刻再婚，为了迎接他的第三个孩子。现在那孩子也快满两岁了。在职场上偶尔遇见前夫，焦头烂额的模样令她非常满意。年轻妻子小他九岁，需

要他呵护宠爱，他这才明白，当年她身兼妻子、母亲、职业妇女，还要应付他的家人，是如何在夹缝中求生存。她的丢三落四，是因为只有两只手，接不住从四面八方投来的球。现在她整个人不一样了，脚步从容，神清气爽。他诧异又抱歉地说："看来对你来说离开我是对的。"

她并不想修改"脸书"上的婚姻状况，至少不是现在。她只想要回头寻找，自己究竟是从哪一天、哪一个时刻开始，偏离了心的航道？

她打开电脑，写下小说的第一行字：

她用刨磨刀轻轻刮取一颗黄柠檬的表皮，微酸微苦的柠檬皮丝缱绻落入碗中……

她还没想清楚小说将要如何发展，但已经闻到柠檬玛德莲的香气从烤箱里溢出来，漫过她新的中年生活。"小蟹要开始横行了。"她在"脸书"上对姚宣预告。

微糖小点

# 玛德莲

很容易上手的家常甜点。

◎材料：

蛋两个、奶油一百一十克、细砂糖八十五克、低筋面粉九十克、泡打粉三克、柠檬一个（可用薰衣草、核果碎或香草籽代替）、盐少许、玛德莲模型一盘（十二至十四个）。

◎做法：

1. 用刨磨刀刮取一整个柠檬的皮丝，与砂糖均匀搅拌。

2. 低筋面粉加入泡打粉、盐、准备好的柠檬皮丝，拌匀后打入两个蛋，加入少许柠檬汁，搅拌均匀。

3. 奶油以隔水加热的方式融化，倒入做好的面糊中，留少许（约十克）在碗中。奶油与面团继续搅拌均匀。

4. 用刷子将留下的奶油在玛德莲模型内涂上薄薄一层。

5. 将揉好的奶油面团填入模型，每个约填四分之三。放进冰箱静置一小时。

6. 烤箱以二百摄氏度预热三分钟后，放进作料烤三分钟。

7. 烤箱温度调低至一百八十摄氏度，再烤十二至十五分钟，取出脱模即成。

# 转换人生滋味

▶ 微盐年代